AF561528

LE TORPILLEUR 812

LE TORPILLEUR 812

Roman d'Amour et de Patriotisme

PAR PIERRE ADAM

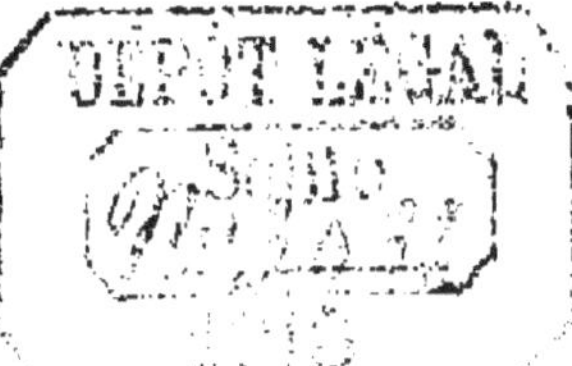

CHAPITRE PREMIER

Les adieux

— Il est tard, mon aimée... il faut partir...

— Oh ! déjà ?...

— Hélas !

— Mais pourquoi partir ? Pourquoi ?

Le jeune officier de marine attira à lui la jeune fille.

— Ecoutez, Simone, dit-il d'une voix soudain voilée, depuis bientôt deux mois, je suis le plus heureux des hommes.

« Souvenez-vous de ce jour béni entre tous où nos regards se sont rencontrés.

« Vous avez répondu à mon amour par un amour qui m'a gonflé le cœur d'une orgueilleuse et bien douce joie.

« Chaque soir, nous sommes venus, sous cette

charmille, toujours plus près l'un de l'autre, toujours plus aimants.

« Mes camarades, mes amis, s'étonnent de mon humeur à la fois sombre et joyeuse.

« Ils ne savent pas que je rayonne d'un immense bonheur intérieur.

« De votre côté, vous n'avez rien dit à votre père.

« Nous avons notre délicieux secret ; je vous aime à en mourir...

Simone lui répondit en écho :

— Je vous aime, Jean. Je vous aime et je ne vis pas quand je suis loin de vous. L'existence commence, pour moi, lorsque la nuit étend son épais manteau sur la ville. Alors, je descends au jardin, fiévreuse, impatiente d'entendre votre pas. Et lorsque vous êtes-là, près de moi, grand et fort, moi toute petite,il me semble que je vais, que nous allons demeurer ainsi toujours... toujours.

Jean Taillebourg tressaillit.

— J'ai été bercé du même rêve... j'avais presque oublié le devoir ! Je reculais devant cette idée du départ... Et l'heure du départ a sonné.

La jeune fille étouffa un cri.

— Que dites-vous, Jean ?

— Je dis, reprit l'officier en entrecoupant ses phrases de baisers, je dis que je pars cette nuit pour une croisière de plusieurs jours, peut-être de plusieurs semaines.

« Le ministre, frappé de la manière dont j'avais

rempli une mission délicate l'an dernier, m'en confie une nouvelle...

— Mon Jean, ne pourriez-vous vous faire remplacer ?

— Non, dit résolument le marin ; car il s'agit d'une manœuvre hardie, une de celles qui honorent ceux qui les entreprennent.

« Une mission difficile entre toutes et que j'ai accepté de mener à bien pour la grandeur de mon pays.

La jeune fille se redressa, vibrante.

— Alors, Jean, partez sans faiblesse. Ma pensée vous accompagnera... Vous me reviendrez glorieux... Je saurai faire taire mon cœur puisqu'il s'agit de la France.

— De la France, oui, dit l'officier en s'animant de plus en plus ; de la France qui est entourée d'ennemis implacables et sournois.

« Les puissances, vous le savez, arment, bâtissent des forts, coulent des canons, construisent des cuirassés.

« La plus ardente à cette tâche menaçante, la plus mystérieuse aussi, c'est l'Allemagne.

« On dit dans certains milieux qu'elle fait des îles de la mer du Nord de véritables arsenaux, qu'elle prépare un coup de force, qu'elle compte nous asséner le mortel coup de massue lorsque ses préparatifs seront au point.

« Jusqu'à ce jour, nul n'a pu contrôler ces dires.

« Ma mission est justement d'aller là-bas, de voir et de rapporter des renseignements précis

A ce moment un léger bruit, un frémissement de feuillage parut s'élever d'un massif voisin ; les amoureux n'y prirent pas garde.

Jean Taillebourg conclut :

— Je pars à minuit.

Sous eux, la ville de Cherbourg déroulait ses maisons noyées d'ombre, ses rues aux perspectives fugitives et fantomatiques baignées de la pâle lueur des réverbères. Au loin des feux blancs, rouges et verts serpentaient leurs reflets dans l'eau noire de la rade.

— Simone, adieu !

Elle se récria :

— Non... pas encore... je vous accompagne jusqu'au port... je ne veux vous quitter qu'à la dernière minute...

Il n'osait pas dire qu'il trouvait cela imprudent, que les rues obscures pouvaient être pleines de danger, qu'on s'apercevrait peut-être à la maison d'une absence difficile à justifier. Elle le devina.

— Mon père ? occupé de son invention. Quant à Yvonnic, la servante, elle dort à poings fermés, comme une vraie bretonne.

Bras dessus, bras dessous, ils quittèrent la charmille, descendirent l'escalier de pierre qui menait à la petite place silencieuse, et s'engagèrent dans l'avenue qui menait au bassin des torpilleurs. En marchant, Jean Taillebourg parlait à mi-voix.

— Verrez-vous, en mon absence, cet Henry Berttmann, que je ne puis souffrir ?

— Le jeune ami de mon père ? Celui qui se flatte de devenir mon époux ? Je le verrai le moins possible ; il n'ignore pas, d'ailleurs, qu'il m'est indifférent.

— Mais il va se faire pressant... Il vous assiègera de lettres et de bouquets...

— Je ne lirai pas les lettres et je renverrai les bouquets. Ce n'est pas lui que j'aime ; c'est vous... c'est toi...

Il la prit contre lui et l'étreignit longuement.

Et puis, comme ils étaient arrivés sur le quai, ce furent les derniers serments, les derniers baisers.

— Tu m'écriras à l'adresse que je t'ai donnée...

— Et toi, tu penseras à moi... Ton amour me soutiendra aux heures difficiles.

— Bon courage.

— J'en aurai... C'est pour la France !

Ils se séparèrent. La silhouette de l'officier s'estompa dans la nuit, s'évanouit au ras du quai.

Simone voulait voir encore ; elle s'approcha du bassin, distingua, sur la nappe sombre et clapotante, une petite masse noire et allongée glissant à vive allure...

C'était le torpilleur 812 qui partait.

Simone restait toute droite, les yeux dilatés, l'oreille tendue...

Un moment, elle entendit une voix mâle, celle de Jean Taillebourg, donnant des ordres brefs.

Et puis plus rien...

Alors, partagée entre le regret de n'avoir plus l'aimé près d'elle et la fierté de le savoir au péril en attendant qu'il fût à l'honneur, elle s'en retourna vers la maison paternelle.

Avant de rentrer, elle fit halte quelques minutes sous la charmille d'où tant de paroles d'amour s'étaient envolées.

Le même bruit de feuilles remuées qui, une heure auparavant avait mêlé sa note discrète à la conversation des jeunes gens, troubla de nouveau le silence de la nuit.

Simone tressaillit et gagna sa chambre.

Elle avait à peine fait jouer l'électricité que quelqu'un apparaissait dans l'encadrement de la porte.

C'était un homme de haute taille, barbe et cheveux blonds. Simone jeta son nom dans un cri de surprise effrayée :

— M. Berttmann !

Le nouveau venu entra et referma la porte.

— Je sais tout ! dit-il d'une voix sombre.

Et comme Simone s'apprêtait à questionner :

— Laissez-moi parler, fit-il. J'ai tout entendu. Je sais que vous avez un amant...

La jeune fille se redressa :

— Monsieur ! vous m'insultez !

— Je ne vous insulte pas ; je dis la vérité. Ah !

vous ne voulez pas de moi pour mari ! Ah ! vous me dédaignez !

« Depuis un an, avec l'autorisation de M. Franck Christian, votre père, je vous faisais une cour respectueuse.

« Vous me repoussiez ; je comprends maintenant pourquoi.

« Votre allure m'intriguait. J'ai voulu savoir.

« Je vous ai épiée ; je sais que vous êtes la maîtresse d'un freluquet...

Pour la deuxième fois, Simone eut une protestation de tout son être :

— C'est trop fort !

— Eh bien, poursuivit Berttmann en se rapprochant de la jeune fille, je suis décidé à brusquer les événements.

« Je ne serai pas votre mari, soit ; mais je vous aurai.

« Je vous veux ; je te veux. Je t'ai à ma merci, je te prends.

« J'ai soif de caresses, moi aussi. Douze mois d'attente, c'est trop, entends-tu ?

Simone, au comble de l'épouvante, balbutia :

— J'appelle... mon père...

— Ton père ? Il ne t'entendra pas. Je te dis que je te veux. Donne-toi, ou bien...

L'ignoble personnage tira un revolver qu'il déposa sur une commode. Puis il courut à Simone.

— Allons !... pas de résistance !

La malheureuse se débattait, râlait, implorait, les forces décuplées par le désespoir.

Berttmann, tenace, enveloppait sa victime allait la terrasser, assouvir sa passion de brute...

Mais il eut une détente brusque et se rejeta en arrière.

La porte de la chambre venait de grincer sur ses gonds ; une femme était là, qui regardait...

Simone reconnut la servante Yvonnic et cria :

— Au secours ! Sauve-moi !...

Yvonnic, d'un œil agrandi par l'émotion, considérait la scène, cherchait un moyen de secourir sa maîtresse.

Son regard s'arrêta un instant sur le revolver qui brillait parmi les menus objets de la commode; Elle s'en empara, le braqua en désespérée.

— Partez ! dit-elle à l'homme.

Berttmann, très pâle, et la tête basse, obéit.

On entendit ses pas dans l'escalier. Simone le vit, de la fenêtre, traverser le jardin qu'éclairaient faiblement les rayons pâles de la lune.

Yvonnic descendit, ferma la grille d'entrée à double tour, remonta, demeura près de sa maîtresse encore tremblante d'effroi.

— Tu avais donc entendu ? ma chère Yvonnic, demanda-t-elle.

— Je rentrais, dit la servante, et j'ai aperçu de la lumière chez vous; j'ai cru que vous étiez malade.

— Tu rentrais, dis-tu ? En effet, tu es habillée. D'où venais-tu donc ?

Yvonnic rougit.

— Je venais du port, confia-t-elle. Mon fiancé, Célestin Dannec, qui est marin, vient de partir sur le torpilleur 812...

Simone sentit le cœur lui battre à grands coups dans la poitrine.

— Et je l'ai accompagné jusqu'au bassin. C'est un bien dur métier que celui de marin, mademoiselle ! Ils vont très loin, paraît-il ; Célestin n'a pas pu ou pas voulu me dire où... Ils manœuvreront surtout de nuit...

— Dieu les accompagne ! murmura Simone.

Et, plus haut :

— C'est pour la France, vois-tu, Yvonnic, ne nous plaignons pas.

La servante se retira et Simone, après s'être barricadée dans la chambrette aux rideaux blancs, finit par s'endormir en prononçant le nom du bel officier que la Patrie envoyait au danger, mais aussi à la gloire...

. . . .

CHAPITRE II

Un traître démasqué

Le lendemain, Simone s'éveilla tard. Comme elle s'habillait, se remémorant les incidents de la veille, elle aperçut, au pied du lit, une lettre que Berttmann, dans la courte lutte qui avait précédé l'intervention bienheureuse d'Yvonnic, avait dû laisser tomber. Elle la ramassa, examina curieusement l'enveloppe, rayée d'une écriture lourde et oblitérée d'un timbre étranger.

Cela venait de Potsdam. Simone ouvrit la lettre. Des phrases allemandes s'y déroulaient, que la jeune fille n'eut aucune peine à déchiffrer. Elle lut tout haut :

« Mon cher Henry,

« Donne-moi de tes nouvelles. Nous craignons ici qu'il ne te soit arrivé quelque chose.

« Nous sommes heureux de savoir que les forts de Cherbourg n'ont pas reçu tous leurs approvisionnements de poudre.

« Surtout, ne perds pas de vue le vieux Franck Christian. Cultive-le.

« Aussitôt que son invention sera mûre, fais-moi signe.

« Notre Zeppelin est presque armé ; l'équipage s'est entraîné sur un autre dirigeable. C'est te dire que nous serons prêts au moment voulu.

« Mais il s'agira d'être prompts, car le vieux pourrait bien nous filer dans les doigts.

« Envoie tes communications à la même adresse que précédemment.

« Cordialement à toi, mon cher Henry.

« Ton camarade et ami,

« Ch. Grosbach. »

Simone se passa la main sur les yeux. Puis elle relut.

Deux lignes surtout retenaient son attention : « Surtout ne perds pas de vue le vieux Franck Chrisian. Cultive-le ».

Une étrange et soudaine lucidité pénétrait le cerveau de la jeune fille.

Elle termina sa toilette à la hâte et courut chez son père.

Franck Christian était justement dans son cabinet de travail, absorbé par des calculs profonds et mystérieux.

Il parut contrarié de la venue de sa fille à une heure où, toutes facultés tendues, il cherchait la solution d'un grand problème.

— Bonjour, petite, fit-il d'un ton bourru. N'aurais-tu pas pu attendre ? Tu sais que, le matin, je n'aime point à être dérangé.

Pour toute réponse, Simone tendit la lettre.

— Lisez, mon père, ajouta-t-elle ; c'est grave...

Le vieux Christian prit le papier et parcourut les lignes en caressant d'un geste nerveux sa longue barbe grise.

Puis il éclata :

— Le traître ! Le bandit ! Un Alsacien, ça ? Ah ! ah ! ah ! Laissez-moi rire ! Un Prussien, un vrai Prussien de Prusse, un espion qui cherchait à capter ma confiance. Un teuton maudit, un échantillon parfait de la race hypocrite !

Puis, soupçonneux :

— Qui t'a donné cette lettre ?

Simone se troubla. Elle n'osait avouer que Berttmann était entré chez elle alors qu'elle revenait de la ville.

— Allons, faisait le vieux, allons... C'est peut-être une plaisanterie... Henry est si aimable, si affectueux... il t'aime tant...

Simone finit par dire :

— M. Berttmann a, devant moi, laissé tomber ce pli. Je vous assure que ce n'est pas une mystification.

Christian relisait la lettre mot à mot, avec un affreux rire de vieillard trompé. Quand il fut à la signature, il manqua de s'évanouir :

— Grosbach ! Mon ennemi mortel ! Ah ! je comprends ! Les lâches ! Ce n'était pas assez de me prendre ma fortune !

« Tu me regardes avec étonnement ? Tu ne sais rien, c'est vrai... Je ne t'ai jamais dit... Eh ! bien, écoute :

« Mon père, l'honnête Fritz Christian, était propriétaire d'un vaste et beau domaine aux environs de Colmar.

« En véritable Alsacien, il rendait service aux amis, voire aux étrangers ; nul ne le sollicitait en vain.

« Un certain Grosbach, de Spandau, était en relations d'affaires avec mon père, qui lui avait, à diverses reprises, avancé de fortes sommes, remboursables à longue échéance.

« La guerre, la funeste guerre de 1870 éclata avant que Grosbach ne fut libéré de ses dettes.

« Il profita odieusement de la circonstance.

« Officier de la Landwer, il prit de force possession de la maison de mon père.

« Puis il fouilla la maison de fond en comble, découvrit les créances, les brûla.

« La guerre terminée, Fritz Christian retrouva son domaine ravagé.

« De plus, il avait à payer à ses créanciers un arriéré fort élevé.

« Il comptait, pour les dédommager, sur la rentrée des sommes avancées à Grosbach.

« Mais Grosbach le Teuton nia avoir emprunté de l'argent ; il déclara n'avoir jamais connu mon père.

« Et le vieux Fritz Christian dut avec douleur, abandonner le toit où il avait vécu, où nous étions nés.

« Il était aux trois quarts ruiné. Il mourut peu après, me faisant jurer, à son lit de mort, de le venger.

« J'ai promis. J'ai voué haine éternelle à la famille des Grosbach, haine à la nation qui permet que tant de lâchetés soient commises.

« Des années durant, moi, le pacifique Franck Christian, presque retiré du monde, j'ai travaillé à la vengeance.

« Je la veux éclatante, terrible. Je l'ai cherchée, sans me décourager.

« Je la tiens.

« Mes calculs obstinés m'ont conduit à une formule à la fois simple et magique. Je puis, entends-tu, grâce à un appareil basé sur le principe de la conductibilité des ondes électriques, je puis diriger un faisceau d'énergie où bon me semble, instantanément.

« Je puis ainsi enflammer de la poudre à distance. Les canons les plus redoutables ne peuvent rien contre mon appareil, très simple, robuste et maniable.

« Je détiens une puissance contre laquelle les puissances déjà connues viendront se briser.

« Je redonne à la France le premier rang dans le monde, ce rang qu'elle avait si longtemps et si glorieusement occupé, qu'elle n'aurait jamais dû perdre.

Le vieux Franck s'était animé par degrés. Il parlait maintenant avec une quasi exaltation.

Il aurait parlé longtemps encore si la servante Yvonnic n'était apparue, annonçant que M. Henry Berttmann désirait se présenter.

A ce nom, synonyme de traîtrise sournoise, le père et la fille eurent le même haut-le-corps.

D'abord, Franck Christian fit un geste de colère. Puis il se ravisa.

— Dites à M. Berttmann que je l'attends, fit-il avec un grand calme.

L'Allemand entra presque aussitôt. Il pâlit en apercevant Simone.

Néanmoins, il garda le sourire étudié qu'il avait imprimé sur les lèvres et salua ses hôtes sans grâce, mais non sans courbettes :

— Monsieur... Mademoiselle...

Il était en jaquette noire ; il avait des gants mastic et des souliers vernis. Sa mise annonçait la recherche, mais elle s'éloignait du bon goût.

— Mon cher Monsieur Franck Christian, commença-t-il, j'eusse préféré m'entretenir seul à seul avec vous. Mais, puisque le hasard veut que... comment dirai-je ? Enfin, ma démarche, je pense, ne vous désobligera pas. Votre acceptation, en tout cas, mettrait le comble aux vœux que je caresse depuis longemps. En d'autres termes, j'ai l'honneur de vous demander la main de Mlle Simone.

Il s'arrêta, gêné par le regard froid et perçant du vieillard. Ce dernier, lentement, questionna :

— Vous aimez ma fille, dites-vous ?

— Monsieur Christian, j'ose jurer que je l'adore.

— Et vous avez sans doute pour moi une grande amitié ?

— Une amitié inaltérable, Monsieur Christian.

— Dites-moi, monsieur Berttmann, êtes-vous Français ?

— Mais oui, mais oui... Alsacien, monsieur Christian, Alsacien... d'une vieille famille qui, je vous assure...

— Dites-moi encore, monsieur Berttmann, est-ce pour mieux *cultiver le vieux* que vous voulez lui prendre sa fille ?

L'Allemand devint blême, mais feignit l'étonnement joyeux :

— Vous plaisantez, monsieur Christian, vous êtes gai...

— Moi ? Pas du tout ; c'est très sérieux, je vous assure. Et comment va ce cher Grosbach, monsieur Berttmann ? Donnez-nous donc des nouvelles...

Berttmann, cette fois, ne put réprimer un tressaillement.

— Grosbach ? balbutia-t-il ? J'ignore ce nom...

— Menteur ! clama le vieux. Menteur, voleur et traître !

« Va dire à Grosbach que ma fille est Française et qu'elle n'épousera pas un Prussien. Va lui dire que nous méprisons le vil espionnage. Va lui dire que toi et lui nous vous jugeons pour ce que vous valez ! Votre honnêteté égale zéro, votre hypocrisie est incommensurable. Dis-lui aussi que toutes ses grimaces, que toutes tes ruses auront été inutiles. « Le vieux » ne se laisse pas cultiver ; « le vieux » te crache son mépris à la face. Va-t-en ; tu me dégoûtes, tu me donnes des nausées. Prussien, va...

Berttmann, pas à pas, avait reculé. Son visage exprimait la honte, mais aussi la violence mal contenue. Quand il fut sur le seuil de la porte, les yeux flamboyants et la bouche mauvaise, il lança :

— Nous nous reverrons !

Franck Christian eut un jet de bras dédaigneux :

— Va-t-en, Prussien !

Le traître tourna les talons et sortit. Simone alors se jeta dans les bras de son père.

— Oh ! ma petite, murmura le vieillard, j'ai failli te perdre... Que serais-je devenu si nous n'avions pas à temps, reconnu le sinistre oiseau de proie !

« Désormais, nous nous tiendrons, Dieu merci, sur nos gardes.

« Nous poursuivrons la vengeance promise, la vengeance sacrée...

« Nous irons jusqu'au bout de la tâche sainte, sans faiblir, soutenus par notre profond amour de la patrie.

CHAPITRE III

Prisonnier !

La nuit tombait lentement sur l'immense étendue mouvante.

Depuis deux jours, le torpilleur 812 dansait au creux des lames, caracolait sur les vagues lourdes et puissantes, trouait de l'écume, avançait...

Jean Taillebourg commandait et dirigeait toutes les manœuvres.

Pour ne point être remarqué des nombreux vapeurs allemands qui sillonnent la partie méridionale de la mer du Nord, l'officier avait résolu de s'imposer un raid à longue distance.

La nuit, on marchait lentement, tous feux éteints.

On avait eu soin d'embarquer, à Cherbourg, un charbon qui donnait peu ou point de fumée.

De plus, on utilisait le pétrole comme combustible.

L'équipage avait pour près d'un mois de vivres.

Le voyage, jusqu'à présent, s'était effectué avec un rare bonheur : Pas de gros temps, pas de rencontres inquiétantes ; une houle suffisante pour que, en cheminant le plus possible entre les collines mouvantes de la mer, on passât inaperçu.

Les premières étoiles trouaient le ciel.

Au loin, estompée dans le noir du crépuscule, l'île Helgoland se devinait, fantôme ténébreux.

C'était là-bas qu'il fallait atterrir, là-bas qu'il fallait, au prix de mille dangers, arracher à l'ennemi héréditaire un secret d'où dépendait la sécurité de la France et du monde.

Jean Taillebourg, les yeux rivés sur l'horizon à chaque minute plus imprécis, mesurait de la pensée la hardiesse et le péril de l'entreprise.

Il n'éprouvait nulle crainte. Les obstacles, au lieu de le décourager, stimulaient plutôt son énergie.

Il recommanda, à bord, le silence absolu.

On n'avança, une heure durant, qu'à demi-vitesse.

Puis le torpilleur stoppa.

Nul bruit ne montait de l'île.

Jean fit mettre un canot de toile à la mer et prit lui-même une rame. Il n'était accompagné que d'un matelot robuste et souple, un Breton, en qui l'on pouvait avoir toute confiance : Célestin Dannec.

Avant de s'éloigner, Taillebourg fit ses dernières recommandations :

Se rapprocher de terre autant qu'il se pourrait ; éviter de croiser sous le rayon d'un phare qui, à intervalles réguliers, dardait dans un secteur fixe des jets de lumière crue ; bien observer les signaux optiques convenus en cas de détresse; s'éloigner au petit jour même si le canot n'était pas de retour.

Sur le pont du torpilleur, le second et les hommes écoutaient, attentifs et émus, se pénétrant des ordres du chef.

Puis il y eut, au ras de la coque, un léger clapotis... Les marins les plus près du bastingage virent, quelques secondes, le canot glisser, deux silhouettes se voûter et se détendre en cadence...

Jean Taillebourg et le fidèle Célestin Dannec étaient partis.

Ils étouffaient autant qu'ils le pouvaient le bruit des rames.

Pendant de longues minutes, ils jouèrent ainsi des bras, sans échanger une parole.

Un moment, l'esquif butta contre un obstacle, tandis que l'aviron de Dannec touchait un fond caillouteux.

Les deux hommes déposèrent les rames au fond du canot, sautèrent par dessus bord, halèrent l'embarcation jusqu'à la grève.

Ils se trouvèrent dans une crique aux parois verticales dans lesquelles la mer avait creusé de profondes cavernes.

L'officier procéda à une minutieuse reconnaissance des lieux, s'aidant d'un plan minuscule et d'une lanterne électrique de poche qu'il faisait jouer en se tournant du côté de la mer, pour masquer la lueur.

Cet examen parut satisfaire Taillebourg.

— Il doit y avoir sur notre droite un escalier taillé dans le roc, expliqua-t-il. Cherchons-le, et tâchons de le gravir sans donner l'éveil à la sentinelle qui doit être en faction là-haut.

Ils eurent peu à tâtonner pour rencontrer les premières marches. L'ascension commença, lente et prudente.

Le mugissement de la mer les accompagnait, plus faible à chaque degré franchi.

Arrivés au faîte, ils s'arrêtèrent, prêtant l'oreille.

Nul autre bruit que la plainte lointaine et voilée du flot.

Ils cherchèrent, de leurs yeux dilatés, à percer l'ombre opaque.

Nulle forme inquiétante en dehors d'une guérite qui, elle, pouvait bien abriter un factionnaire.

L'officier commença une marche rampée que Célestin s'empressa d'imiter.

Les deux hommes se confondaient avec le sol, ne remuant qu'avec des précautions infinies, retenant leur souffle comme si, dans la brise nocturne, on avait pu distinguer leur respiration.

Ils arrivèrent ainsi à tourner la guérite.

A une certaine distance, ils reprirent la station normale et suivirent un chemin qui menait aux forts.

— Hâtons-nous, murmura l'officier.

Puis, comme ils dévalaient une pente au bas de laquelle se devinait la première ligne de défense :

— Je vais passer devant, dit Taillebourg ; tu me suivras à une dizaine de mètres. S'il y avait danger, je crierais « France ! » et tu rebrousserais chemin sans plus t'inquiéter de moi. Il faut tout prévoir.

Dannec resta donc en arrière.

Maintenant, ils étaient dans une espèce de tranchée où s'alignaient d'innombrables chariots recouverts de bâches. L'officier souleva une toile, et sa main rencontra l'acier d'un obus.

Il passa en revue les véhicules, fit un rapide calcul dont le résultat l'effraya :

— C'est fantastique, pensa-t-il. Tant de munitions ne seraient pas accumulées en cet endroit s'il n'y avait une résolution arrêtée d'avance en haut lieu.

Au-dessus de sa tête, des canons de gros calibre montraient leurs énormes gueules ; les boucliers de protection détachaient leurs rectangles précis sur le blafard du ciel. Jean poursuivit son exploration.

L'assurance lui venait, dans cette île peuplée de soldats qui ne portaient pas l'uniforme français et qui dormaient derrière les portes devant lesquelles lui, Taillebourg, officier de la marine française, passait aussi tranquillement que lorsqu'il faisait en service, des rondes de nuit à Toulon ou à Cherbourg.

Cette promenade audacieuse était féconde en renseignements.

A un détour, les visiteurs tombèrent en arrêt devant des caisses empilées qu'à leur forme et leur dimension, Jean reconnut sans hésiter :

— De la poudre ! Des gargousses !

Il ajouta mentalement :

— Et ils laissent cela sans surveillance ?

Comme pour lui répondre, des voix tudesques s'élevèrent dans la nuit.

Un caporal allemand, suivi de plusieurs hommes, procédait à la relève des sentinelles.

Il leur passait en même temps les consignes.

A quelques pas d'eux, Jean s'était arrêté, écoutant et comprenant.

— Vous avez deux cartouches, disait le caporal. Que personne n'approche sans le mot. Vous vous souvenez du mot ?

— Non, caporal.

— Brute ! Idiot ! Je vous l'enfoncerai dans la tête à coups de botte, moi, le mot !... Ouvrez l'oreille, donc ! Le mot, c'est « Worms-Wilhem ». Répétez !

— Worms-Wilhem, caporal.

— Et souvenez-vous que cette nuit ou la nuit prochaine, il pourrait y avoir des surprises... Vous avez entendu ce qu'a dit le lieutenant ?

— Non, caporal.

— N. de D. ! La prochaine fois que vous vomirez un « non caporal », imbécile, je vous signale au feld-capitaine. Le lieutenant a dit qu'on attendait quelqu'un. Logez cela sous votre crâne d'abruti.

Sur ces paroles pleines de mansuétude,le caporal s'éloigna, suivi du reste de l'escouade de garde.

Jean Taillebourg n'avait pas perdu un mot de la conversation grossière.

— « On attend quelqu'un »... Quel est ce quelqu'un ? songeait l'officier. Curieux... de plus en plus curieux...

A aucun moment, il ne lui vint l'idée de battre en retraite. Avec une crânerie bien française, il passa près du factionnaire qui cria aussitôt :

— Halte !

Jean s'arrêta.

— Qui va là ?

Jean répondit :

— Ronde major.

La sentinelle émue à la pensée que le major était là, prêt à punir sans doute, rectifia vivement la position, à ce qu'il parut au bruit de talons de bottes entrechoqués, précédant le mot de passe :

— Worms ? dit le soldat.

— Wilhem, fit Taillebourg en écho.

Le factionnaire reposa l'arme.

Jean et Célestin Dannec passèrent sans encombre.

La mission s'annonçait bien. La promenade devenait intéressante.

Maintenant, l'officier et le matelot évoluaient dans un polygone, véritable parc où s'entassaient des pièces de marine, des mitrailleuses, des armes de petit calibre.

A peine si des toiles recouvraient les parties délicates, ce qui indiquait que les joujoux de ce magasin tragique, ou bien venaient d'arriver, ou bien allaient partir.

Il y avait quatre heures que durait l'exploration; quatre heures pendant lesquelles Jean, zigzaguant entre les postes, évitant les veilleurs isolés, avait pris des notes comme en prennent ceux qui ont besoin de voir rapidement, c'est-à-dire sans papier et sans crayon.

Quand il fut entièrement édifié, il songea au retour.

Ce n'était pas chose facile que de retrouver son chemin dans ce dédale.

Et puis, il fallait tenir compte des patrouilles et des rondes, fréquentes après minuit.

L'officier redoubla de légèreté dans la marche, de défiance, d'observation aiguë.

Il se retournait, de temps à autre, pour s'assurer que Dannec suivait.

Le brave Célestin copiait de son mieux le chef,

le secondait aussi, s'employait du regard et des jambes.

Au pied d'un talus herbeux, Jean se retourna encore.

Dannec, semblait-il, venait d'appeler à mi-voix.

L'officier blêmit dans l'ombre :

Des gens venaient de surgir on ne savait d'où. Silencieux, ils entouraient le Breton, le bâillonnaient...

Jean voulut s'éloigner au plus vite, car, de se porter au secours du matelot, seul contre une dizaine d'agresseurs, il n'y fallait pas songer.

De plus, c'eût été compromettre le succès de la tentative.

Taillebourg allait rompre avec célérité quand il s'arrêta, figé.

D'autres soldats, rangés à quelque distance en avant de lui, semblaient l'attendre.

A droite, à gauche, d'inquiétantes silhouettes remuaient, se rapprochaient...

L'officier comprit...

Cernés !

Il ne bougea pas. Une parfaite lucidité lui fit voir l'expédition manquée, le conseil de guerre après arrestation, l'inique condamnation qui s'ensuivrait, la réclusion dans une forteresse...

Il ne ressentait aucune peine pour lui-même, ayant fait depuis longtemps le sacrifice de son corps à la patrie. Mais il avait le cœur horriblement serré en pensant à celle qui l'attendait là-bas, à qui il avait promis de revenir. Un nom bien-aimé jaillit de ses lèvres.

— Simone !

— Nous le tenons ! fit une rude et grosse voix.

Les Allemands s'étaient peu à peu rapprochés, rétrécissant le cercle dont Jean Taillebourg occupait le centre.

L'officier se sentit bientôt pris à l'épaule. D'un bond, de côté, il se dégagea.

— Inutile, fit-il, puisque j'ai compris.

Celui qui paraissait et devait être le chef de la troupe se fit railleur.

— Vous vous promeniez pour votre santé ?

— Pour celle de mon pays, fit Jean.

Le Teuton reçut cela en plein visage et passa de suite à l'insulte :

— Espion !

Taillebourg eut une protestation indignée :

— Je ne suis pas un espion ; je suis en uniforme. Y en a-t-il, des Prussiens, qui osent venir en uniforme sur le territoire français ?

L'Allemand se mordit les lèvres.

— Emmenez-le, ordonna-t-il.

Dès lors, comprenant que ses ennemis étaient incapables d'un geste chevaleresque, Jean se laissa entraîner.

En route, l'officier prussien, qui ne pouvait contenir sa joie d'une aussi importante capture, donnait des renseignements qui perçaient le cœur du Français d'autant de flèches empoisonnées :

— Nous savions que vous deviez venir.

« Hier, dans la journée, un télégramme chiffré était lancé de Spandau, qui nous prévenait de l'arrivée d'un torpilleur parti de Cherbourg.

« Votre bateau doit être près d'ici ?

Jean demeura silencieux.

— Oh ! ne répondez pas si vous voulez, fit l'Allemand, nos contretorpilleurs explorent la côte et croisent devant l'île depuis minuit ; vous ne nous échapperez pas.

Le Prussien ajouta :

— Nous étions renseignés... Nous sommes toujours renseignés.

A un coude du chemin, on découvrait la mer. D'un coup d'œil, Jean vit les points blancs, verts et rouges glissant sur l'eau noire... les destroyers allemands qui fouillaient la nuit de leurs réflecteurs et cherchaient le torpilleur 812.

— Pourvu que mes braves ne se soient pas attardés ! songea le prisonnier.

Moins d'un quart d'heure après, il était enfermé à triple verrou dans la sombre forteresse d'Helgoland...

. . . .

CHAPITRE IV

La voix du cœur

Après le départ du traître Berttmann, la maison de Franck Christian était retombée dans un morne silence.

Simone suivait par la pensée celui qu'elle comptait bientôt voir revenir.

Yvonnic, la servante, songeait au gars Dannes, qui avait promis d'écrire, et qui n'écrivait pas.

Un matin, Christian avait dit à sa fille :

— Mon invention est complètement au point. Je suis décidé à la communiquer au ministre de la guerre.

Je pars pour Paris demain ; veux-tu m'accompagner ?

Simone refusa doucement. Elle ne voulait pas exposer Jean, quand il retournerait, à trouver vide la charmille du fond du jardin.

— Je suis un peu fatiguée, mon père, objecta la jeune fille.

— Reste, reste, dit Christian, je ne te force point.

« D'ailleurs, tu ne pourrais m'accompagner dans les bureaux du ministère, et je prévois que mes démarches seront longues.

« Je te recommande seulement de consigner la porte et de ne recevoir personne en dehors des fournisseurs.

Le vieillard partit le lendemain, ainsi qu'il l'avait annoncé.

Dès lors, Simone et Yvonnic vécurent dans la fièvre de l'attente.

Des semaines passèrent ainsi.

Yvonnic, qui ne savait pas que sa maîtresse avait les mêmes motifs qu'elle-même de s'alarmer, s'étonnait de cette mélancolie douloureuse, qui avait succédé à l'impatience des premiers jours.

— Vous êtes malade, mademoiselle ?

— Non, Yvonnic ; mais je suis sans nouvelles de quelqu'un...

— Comme moi de...

— Comme toi, oui.

Un matin, Yvonnic parut, toute joyeuse.

— Il m'a écrit, dit-elle, il m'a écrit...

— Qui ?

— Célestin.

Simone poussa un cri de joie.

— Ils vont bien ?

— Ah ! fit la Bretonne, vous saviez donc...

— Je ne sais rien, ma bonne Yvonnic.

— Mais c'est toute une histoire ! D'abord... Et puis, tenez, je vais vous lire la lettre, parce que je ne saurais jamais dire.

La servante extrayait de la poche de son tablier blanc une lettre pliée en quatre, la tirait de l'enveloppe.

— Voici :

« Dunkerque, mercredi soir.

« Ma chère Yvonnic,

« Enfin, je puis t'écrire, après bien des malheurs et des gros temps que nous avons eu.

« Il a fallu manger des conserves, pardine, vu que nous ne pouvions avoir de viande fraîche.

« Nous sommes été, comme de juste, à Helgeland, une sale île noire, pleine de rochers, de canons et d'Alboches.

« Moi et le commandant du bord (Taillebourg qu'il s'appelle), nous sommes été voir les forts.

« Mais les Alboches nous ont arrêtés tous les deux à la fois.

« Ils ont emmené le commandant, même qu'à cette heure, il est peut-être passé au Conseil de guerre.

« Moi, j'ai réussi à m'échapper, que ça serait trop long de t'expliquer comment, vu que ça n'a pas été tout seul.

« Je t'aime bien, Yvonnic, tu le sais. Eh ! bien, ne te fâche pas de ce que je vais te dire : J'aimerais mieux être à la place du commandant, prisonnier dans l'île, et que le commandant soit ici, à Dunkerque, sur le torpilleur 812.

« Pour ne pas donner l'éveil, après que j'ai eu rejoint le bord, nous avons longé la côte, sans allumer les feux.

« Les bateaux allemands nous cherchaient, se croisaient, faisaient tourner partout leurs réflecteurs. On s'en est tiré quand même.

« Il me tarde de te voir, toi si gentille sous ta coiffe blanche.

« Je ne sais pas quand nous rentrerons à Cherbourg. Tu peux m'écrire ici, à Dunkerque.

« Deux gros baisers de ton Célestin pour la vie.

« DANNEC ».

En écoutant Yvonnic, qui lisait de façon malhabile, en s'y reprenant à plusieurs fois aux mots pour elle difficiles, Simone était devenue très pâle.

Elle eut un commencement de défaillance ; la servante se précipita :

— Mademoiselle... Qu'avez-vous ?... Qu'y a-t-il ?

— Ma pauvre Yvonnic, expliqua Simone en refoulant les sanglots qui la prenaient à la gorge, je... C'est affreux... Ce commandant... Jean Taillebourg... Mon Jean... en prison... oh !

Les larmes la gagnaient, coulaient sur ses joues soudain creusées, Yvonnic comprit.

— Pauvre de nous ! murmura-t-elle.

La Bretonne cherchait des mots très doux, des mots de consolation, et n'en trouvait pas. Le facteur arriva à ce moment.

— Pour Mlle Simone Christian, fit-il en tendant un pli.

Simone prit la lettre qu'on lui tendait, machinalement. Elle tressaillit en reconnaissant un timbre-poste allemand. Ce n'était pas l'écriture de l'aimé. La jeune fille décacheta et lut :

« Spandau, ce 12 octobre.

« A Simone Christian,

« Vous m'avez repoussé, votre père m'a chassé. Je me venge.

« Je savais, pour avoir entendu une conversation sous la charmille du jardin que vous connaissez, que votre amant devait espionner à l'île Helgoland.

« Je n'ai pas voulu qu'il réussît. J'ai prévenu moi-même le gouverneur de l'île.

« Votre amant, à l'heure où je vous écris, mange le pain noir des prisonniers et boit de l'eau. Il va être condamné, sans aucun doute, à plusieurs années de forteresse.

« Ne vous en prenez qu'à vous-même de ce qui arrive et de ce qui arrivera.

« Car ce n'est pas fini. Je n'en dis pas plus long. Les événements vous apprendront le reste.

« Henry BERTTMANN,

«officier aérostier de l'armée impériale allemande»

Simone se redressa, frémissante.

— Le traître a livré mon Jean bien-aimé, s'écria-t-elle. Maudit soit le Prussien ! Maudit soit le lâche qui n'ose attaquer ses ennemis en face !

« Que ne suis-je un homme, pour faire payer à l'hypocrite et répugnant Berttmann la douleur qu'il me cause !

Puis, attendrie à la pensée de celui qui devait connaître les tourments de la captivité :

— Mon Jean que j'attendais... je veux, oh ! je veux le revoir !... Il est impossible que je ne le revoie pas... Je tomberais malade, de le savoir au loin, malheureux, abandonné, torturé peut-être !...

Elle disait cela avec des intonations désespérées

sa perçaient un commencement de résolution farouche :

— Il faut que je le retrouve... que je le délivre... Une femme de France ne doit pas se contenter de gémir. C'est cela... Je partirai... je chercherai des moyens... L'amour m'inspirera...

Yvonnie secouait la tête.

— Partir, mademoiselle, y songez-vous ?

— J'y suis résolue, dit la jeune fille dont les yeux brillaient d'étrange manière. Je fais d'avance le sacrifice de ma vie... J'appartiens à Jean. S'il me savait en danger, il s'empresserait d'accourir. Le devoir m'appelle, et je ne puis rester sourde à sa voix.

— Mais votre père...

— Je lui écrirai, j'expliquerai, je dirai tout. Mon père me comprendra, m'approuvera... Il a tant souffert par la faute des bandits !

« Sa présence à Paris n'est-elle pas le meilleur témoignage qu'il se consacre de toutes ses forces à la Patrie ?

« En allant délivrer Jean, c'est aussi pour la France que je travaille.

« Combien je me félicite d'avoir appris l'allemand dans mon enfance !

« Je ne pensais pas alors qu'un jour viendrait où cela me serait si utile !

« A l'œuvre ! En route sans tarder ! Toi, Yvonnie, tu m'accompagneras jusqu'à la frontière.

La servante protesta de son dévouement absolu :

— Jusqu'au bout, mademoiselle... Je vous suivrai jusqu'au bout. A deux, nous serons fortes, allez...

— Ma chère Yvonnic ! j'accepte ton aide.

Dès lors, la maîtresse et la servante ne s'occupèrent plus que des préparatifs du départ.

Elle réduisirent leurs bagages au strict indispensable.

En moins de deux jours, elles étaient prêtes à affronter le voyage, à tenter la sublime épreuve.

Elles prirent un train de nuit, qui les débarqua à Paris aux premières heures du jour.

La capitale vite traversée, elles étaient de nouveau dans un wagon qui lés emportait vers l'Est, les stations succédant aux stations, les kilomètres aux kilomètres.

De temps en temps, Simone jetait sur la campagne mouvante un regard avide.

Là-bas, par delà la ligne bleue des Vosges, les difficultés allaient commencer...

. . . .

CHAPITRE V

A la forteresse de Helgoland

On a vu dans quel guet-apens, grâce aux renseignements de Berttmann, Jean Taillebourg était tombé.

L'officier, sous escorte nombreuse, avait été aussitôt dirigé vers la forteresse.

Depuis des jours, il vivait là, si l'on pouvait appeler vivre, le fait de respirer dans l'ombre, de manger deux fois par jour la maigre pitance que lui apportait un garde-chiourme et de se livrer aux plus angoissées des méditations.

Jean ignorait le sort de Dannec et celui du torpilleur.

Il se risqua à interroger ses gardiens.

Ceux-ci répondirent par des sarcasmes et des insolences.

Le prisonnier retomba dans ses mornes pensées. Il eut voulu écrire à Simone. On lui refusa du papier et de l'encre.

Il avait, aux heures où la révolte d'un traitement aussi injuste le mettait debout, cœur gonflé de haine et poings tendus, il avait supputé ses chances d'évasion.

Chances nulles. Les murs du cachot étaient d'une épaisseur formidable, les barreaux de la fenêtre robustes, rapprochés et scellés.

De plus, on entendait, sous cette fenêtre grillée, le pas lourd et régulier d'une sentinelle.

A son entrée dans le réduit, Jean avait été fouillé. On ne lui avait rien laissé, rien que son mouchoir, avec lequel il ne pouvait, on le conçoit, ni tenter de scier les barreaux, ni essayer de forcer la serrure massive de la prison redoutable.

Se suicider ? Se jeter la tête contre les murs ?

Il en eût un instant l'envie.

Mais il recula devant ce geste qui eût été, en somme, de la lâcheté.

Il devait vivre, ne fût-ce que pour en imposer, par son attitude, à ses ennemis, à ses bourreaux, et soutenir jusqu'au bout l'honneur et le glorieux renom de la France.

Il se fit donc violence, réussit à recouvrer le calme qui convenait à son titre d'officier, et s'en remit au destin.

Celui-ci ouvrit un jour la lourde porte du cachot et se présenta sous les traits d'un Allemand pansu et galonné, lequel, s'exprimant en un français douteux, expliqua à Jean que le Conseil de guerre était réuni dans la grande salle du Château Impérial, et « qu'on n'attendait plus que l'accusé ».

— Montrez-moi le chemin, dit Taillebourg, je vous suivrai.

L'Allemand pansu eut un gros rire :

— Ce n'est pas si simple que cela, dit-il.

Puis, se tournant vers la porte restée entr'ouverte.

— Les hommes de service, cria-t-il, entrez !

Quatre soldats bottés et coiffés du casque à pointe apparurent, qui lièrent les mains du prisonnier, lui bandèrent les yeux, l'entraînèrent, non sans le rudoyer.

Quelques minutes plus tard, après une marche par les couloirs au cours de laquelle on avait tourné, monté des escaliers et fait grincer des serrures et des gonds mal graissés, une main délia le bandeau et Jean recouvra l'usage de ses yeux.

Il était au centre d'une vaste pièce, haute de plafond, aux murs nus.

Devant lui, des officiers étaient assis. Ils fixaient le nouveau venu avec une froide arrogance.

Le plus âgé d'entre eux, le plus chamarré aussi, qui tenait le rôle de président, interrogea en Allemand !

— Votre nom ?

— Jean Taillebourg.

— Prénoms ?

— Faut-il vous dire deux fois les choses ?

— Votre nationalité ?

L'officier bomba la poitrine et dit d'une voix claire : « Je suis Français ».

Cette déclaration provoqua des froncements de sourcils qui en disaient long sur la nature du « jugement » à venir. Le président reprit :

— Que faisiez-vous quand on vous a arrêté sur le territoire d'Helgoland ?

Jean répondit avec une héroïque simplicité :

— Mon devoir.

Les froncements de sourcils redoublèrent. Le président poursuivit :

— Quel est le nom de l'individu qui vous accompagnait ?

Taillebourg lança :

— Demandez-le lui ; je n'ai pas à parler pour deux.

Le président grinça :

— Inutile de railler. Vous savez bien que votre complice s'est enfui et qu'il ne peut répondre ici.

Jean manifesta sa joie sur le champ.

— Parti, dites-vous ? Bravo. Mon torpilleur aura pu s'éloigner.

— Votre torpilleur ? fit vivement le président. Expliquez-vous.

— Inutile.

— Vous vanteriez-vous, par hasard, d'avoir approché l'île en torpilleur ?

— Je ne me vante de rien. Je laisse la vantardise à d'autres.

— Enfin, vous reconnaissez avoir pratiqué l'espionnage...

Jean arrêta le président sur ce mot :

— Voyons, pas de comédie, pas d'insulte. Quel est l'officier allemand qui, en uniforme, a osé jusqu'à ce jour, se livrer chez nous à une reconnaissance périlleuse ! Faites-moi l'honneur de me traiter en soldat.

Le président marmotta des paroles inintelligibles et insinua quelques mots à l'oreille de ses voisins. Puis il lut le « jugement », sans aucun doute préparé d'avance.

Les attendus en étaient laborieux et peu sincères, la conclusion terrible :

Quinze ans de forteresse payaient l'admirable courage de Jean, qu'en n'importe quel autre pays, on eût tout au moins reconnu.

Taillebourg, en entendant prononcer la sentance inique, demeura impassible.

Il regarda l'un après l'autre, fièrement, ceux qui venaient de commettre cette monstruosité. Il dit :

— Malheur aux hommes assez peu sensés pour abuser de leur force.

« D'autres viendront qui demanderont des comptes. Et ce jour-là, vous vous en remettrez, apeurés et tremblants, à leur magnanimité.

« Je proteste contre votre accusation ; je proteste contre votre verdict.

« Nous ne sommes pas de la même race. Les Teutons ont le culte de la force, ils ignorent le droit.

« Et le droit, que vous le vouliez ou non, triomphera de la force ».

On ne le laissa pas continuer.

Des hommes le ramenèrent au cachot.

C'était là que Jean devrait rester en attendant son transfert sur le continent, ainsi que daigna lui expliquer un gardien que des libations avaient rendu loquace.

Ce même gardien remit au prisonnier, dans la semaine qui suivit, des journaux prussiens où des rédacteurs à la solde du gouvernement impérial se réjouissaient, à grand renfort d'adjectifs, de l'importante capture opérée par les vaillants soldats de Sa Majesté, en même temps qu'ils louaient la haute sagesse du « Conseil de guerre ».

Jean, devant l'amabilité du geôlier, crut pouvoir formuler une demande :

— Ne pourrais-je envoyer une lettre, une seule, à une personne qui habite la France ?

— Si fait, dit le gardien.

Il apporta une feuille de cahier et une enveloppe. Jean la couvrit d'une écriture rapide et serrée, où il mettait tout son cœur et toute son âme. Véritable lettre d'amour, cri suprême d'un homme jeune qui pleurait le bonheur à jamais perdu. Lettre que Simone devait attendre avec fièvre... lettre d'adieux émouvants...

Le geôlier la prit, la lut, puis éclata de rire.

— Oh ! oh ! dit-il, du beau style, bien que je comprenne mal le français. Epître de valeur, mais..

« Mais le règlement est formel, et je respecte le règlement. Donc...

Il déchira la lettre. Jean bondit.

— Misérable ! Brute épaisse ! clama-t-il.

Il s'était jeté sur le gardien, l'avait terrassé, le tenait sous son genou. Il leva le poing...

— Si je voulais, je te tuerais... Mais tu ne mérites pas seulement que je frappe.

« Je te méprise.

« Tiens, va dire à tes chefs que je t'ai infligé le seul châtiment qui te convienne. Va. Mais reçois cela avant.

Jean cracha à la figure du misérable et le laissa se relever.

— Allons, file !

Le soir même, Taillebourg était mis en cellule.

. . . .

Cependant, le voyage de Simone et d'Yvonne s'annonçait comme devant être facile.

On avait depuis longtemps, dépassé la frontière. Les formalités de la douane s'étaient accomplies sans incident.

Simone, si elle n'avait écouté que son cœur, fût allée tout d'une traite à Helgoland. Mais Yvonne fit entendre la voix de la raison.

— Ménagez vos forces, mademoiselle. Croyez-moi, arrêtons-nous un jour ou deux à Berlin.

Simone consentit avec regret. Elles ne s'arrêteraient pas à Berlin, où les étrangers étaient très surveillés, et où la présence de deux Françaises pourraient éveiller des soupçons, mais un peu plus loin. Elles avaient d'ailleurs des renseignements à demander pour continuer leur route ; mieux valait s'adresser à des campagnards, peu enclins au soupçon, qu'à des citadins.

Dans le petit hôtel où elles descendirent, elles trouvèrent cependant une nombreuse compagnie.

Des gens étaient accourus de tous les points de la région pour voir atterrir un ballon dirigeable, un Zeppelin qui effectuait un raid dans l'Allemagne du nord, à grand renfort de réclame.

Simone pressentit aussitôt qu'il y aurait pour elle danger à demeurer plus longtemps dans une maison peuplée d'hommes bruyants et grossiers ;

danger à rester dans une localité en effervescence, où le moindre incident devait avoir de fâcheuses conséquences.

Elle résolut de s'éloigner sans tarder.

Comme l'heure du train n'était pas favorable, Yvonnic suggéra l'idée d'une voiture.

— Oh ! non ; y songes-tu ? Une voiture ? C'est pour le coup que nous serions remarquées !

Sous leur fenêtre, ceux qui attendaient le Zeppelin discutaient avec animation.

— Il n'aura pas un vent favorable, disait quelqu'un.

— Qu'est-ce que cela fait, ripostait un autre, ne savez-vous pas que Grobsach est le premier de nos pilotes ?

Simone, qui avait entendu, sursauta.

— Grosbach ! l'ennemi... s'effara-t-elle. Fuyons, Yvonnic, fuyons...

Elles cherchèrent un loueur de voitures ; l'hôte leur expliqua qu'il n'y en avait qu'un seul, tout au bout du village.

C'était un gros rougeaud, qui fit des difficultés pour conduire les jeunes filles.

— C'est jour de fête ici, expliquait-il, et ça vous coûtera beaucoup plus cher qu'en temps ordinaire.

— Peu nous importe, dit Simone.

L'homme attela sans enthousiasme et l'on partit pour une gare distante de trente kilomètres.

Simone comptait y prendre le premier train, qui les mènerait à la côte, en face de l'île Helgoland.

Le cocher, redevenu presque aimable depuis qu'il avait la perspective de toucher, en plus de la double course, un pourboire important s'il arrivait à l'heure, fumait sur son siège d'énormes pipes et se retournait de temps en temps pour donner aux voyageuses des détails sur le pays.

— Ici, expliquait-il, une fabrique de cartouches. Là-bas, ces levées de terre recouvertes de gazon, le cimetière des Français.

— Pourquoi l'appelle-t-on ainsi ? demanda Simone.

— Parce que, fit l'homme en tirant de sa pipe de nombreuses bouffées, parce que c'est là qu'on a enterré les chiens de Français morts après avoir été faits prisonniers par les glorieux soldats de l'Empereur.

Les jeunes filles se recueillirent. Tandis qu'elles envoyaient une pensée émue aux compatriotes qui dormaient sous le tertre, loin de la Mère Patrie pour laquelle ils étaient tombés ; le cocher eut une exclamation :

— Voyez donc ! Le Zeppelin ! Le Zeppelin !

Du manche du fouet, il indiquait l'horizon. Dans le lointain du ciel, un aéronat gigantesque évoluait, se rapprochait...

— On dirait qu'il vient à nous, fit Yvonnic.

— Il vient en effet, remarqua l'homme ; nous le verrons tout à loisir dans un instant.

Il ajouta :

— Je ne regrette pas d'être parti, non, pas du tout.

Tous trois, ils suivaient du regard les évolutions du monstre aérien. Mais tandis que le cocher se dépensait en phrases admiratives, Simone se prenait à trembler.

— Il descend... On dirait qu'il descend...

Le Zeppelin descendait en effet, d'un mouvement lent et sûr.

L'avant pointait vers le sol, l'hélice ne tournait plus qu'à une faible vitesse.

Bientôt, les détails de la nacelle apparurent. On put dénombrer les passagers.

L'équipage était au complet.

La joie du cocher redoublait de minute en minute.

— Ça y est, s'écria-t-il, il va atterrir... Dans ce pré, là, en avant... Nous passerons à côté.

Le ballon venait de se rapprocher résolument du sol. Il y eut, dans la nacelle, des ordres brefs, des manœuvres autour du bastingage...

Les explosions du moteur s'espacèrent...

Le Zeppelin se posait mollement sur l'herbe.

Aussitôt, de la nacelle, des hommes bondirent.

L'un d'eux se détacha et courut au-devant de la voiture.

— Où allez-vous ? cria-t-il au cocher.

— A Spatschaffen, répondit celui-ci.

— Prenez-moi avec vous. C'est urgent.

— Mais...

— Service de Sa Majesté, dit l'autre en se rengorgeant.

Le cocher ne répliqua rien, et le nouveau venu monta sans plus de façon, s'assit près d'Yvonnie, en face de Simone.

— Je suis Grosbach, expliqua-t-il avec un sourire fat ; Grosbach, officier aéronaute.

Simone eut envie de répliquer :

— Oui, je sais... Grosbach, de la famille des voleurs qui ont dépouillé Franck Christian, mon père.

— Je suis le plus habile des officiers aéronautes de l'Empire, poursuivait-il en caressant complaisamment du pouce et du majeur son épaisse moustache rouge.

« Seulement, nous venons d'avoir une panne du moteur. Alors, je vais télégraphier et donner des ordres.

Simone ne disait rien. Le sans-gêne et l'orgueil du Grosbach l'écœuraient ; elle avait oublié sa crainte du début et n'éprouvait maintenant que du dégoût. Il continuait :

— Je me félicite que le petit accident au moteur m'ait donné l'occasion de voyager avec une personne dont les charmes ne me laissent pas insensible.

Simone allait répondre de verte façon à une telle grossièreté quand Grosbach héla le cocher.

— Arrête, buse, arrête !

On venait d'entrer dans un bourg.

Grosbach sauta hors de la voiture, pénétra en coup de vent dans une maison sur laquelle on lisait le mot « télégraphe », en ressortit peu après.

— En route, à présent, ordonna-t-il.

Le cocher obéit.

La voiture dévalait bientôt la dernière pente au bas de laquelle la petite ville de Spatschaffen étageait ses maisons noires.

— Cocher, ordonna Grosbach, à l'hôtel de la Grand' place.

— Non, non, fit résolument Simone, cette fois décidée à brusquer le départ. Cocher, à la gare d'abord.

Le cocher se grattait la tête, indécis.

— Voulez-vous être payé ? oui ? fit la jeune fille que la colère commençait à gagner. Eh ! bien...

Grosbach haussait les épaules.

— On ne peut rien vous refuser, car vous êtes jolie, plastronna-t-il. Jolie comme un amour. Je vous accompagne à la station...

Simone, désireuse d'en finir au plus tôt, dut subir jusqu'au bout, la présence de l'inconvenant personnage.

Comme le train s'ébranlait, elle ne put se retenir de lancer au Prussien l'adieu qu'il méritait :

— Grossier... grossier !...

Mais elle fit vivement un bond en arrière.

Un homme venait de surgir de la gare, et cet homme, elle l'avait de suite reconnu.

C'était Henry Berttmann, l'espion...

Berttmann, de son côté, avait rapidement dévisagé la jeune fille. Il se précipita vers Grosbach,

— Que fais-tu ? bégaya-t-il... Moi qui ai reçu ton télégramme et qui te cherche...

— Tu vois, dit Grosbach, j'accompagne au train une poulette.

— La connais-tu ?

— Ma foi non ; je l'ai rencontrée en venant, et je me proposais...

— C'est une Française ! hurla presque Berttmann, la maîtresse de celui que nous avons fait arrêter à Helgoland.

Une lumière subite se fit dans l'esprit de Grosbach.

— Ah ! voilà donc ! s'écria-t-il, voilà donc pourquoi elle me demandait si la Mer du Nord était éloignée d'ici !

Berttmann buvait avidement les paroles de son camarade.

— Elle va là-bas, à Helgoland, pas de doute... dit-il fiévreux. Mais je l'aurai avant, je l'aurai, je la veux... Une automobile, vite... Une auto...

Grosbach se mit à rire.

— Tu es fou... Et notre Zeppelin ?

— Ah ! oui... mais le moteur... Pourrons-nous repartir demain matin ?

— Demain matin au plus tard.

— Tout va bien, dans ce cas. Hâtons-nous.

Au loin, le train fuyant sur les rails, n'apparaissait plus que comme une tache noire surmontée d'un panache de fumée. Berttmann tendit le poing dans cette direction :

— Je te rattraperai, clama-t-il, et j'assouvirai le désir qui, depuis deux ans, brûle ma chair !

— A toi la maîtresse, à moi la servante, compléta Grosbach ; c'est une crâne gaillarde que je ne serai pas fâché de voir d'un peu près.

Ayant ainsi dit, les deux hommes s'en furent à leurs préparatifs.

CHAPITRE VI

L'évasion

Jean Taillebourg, une fois seul dans sa cellule, s'était laissé aller, quelques jours durant, au sombre et morne désespoir.

Aux tourments d'une rigoureuse captivité s'ajoutait le cruel regret du bonheur perdu.

Plus jamais il ne reverrait l'aimée.

S'il ne mourait pas avant la libération, il lui faudrait se contenter d'une existence de brute, faite de gestes prévus d'avance, sous l'œil de gardiens soupçonneux.

Et quand il sortirait de la forteresse, il aurait les cheveux gris, blancs, peut-être... Il serait un vieillard, car les peines répétées l'abattraient plus encore que le temps.

L'officier se disait tout cela, les épaules voutées et le regard obstinément fiché en terre.

Il menait, en automate, l'existence des prisonniers.

Et puis, peu à peu, une idée se logeait sous le

crâne de Taillebourg, s'y incrustait, le travaillait, le brûlait.

Cette idée tenait dans un mot : Fuir.

Mot qui chantait dans la tête de l'officier ; mot qu'il était tenté de prononcer tout haut.

La nuit, quand tout dormait au fort hormis les sentinelles, Jean, les yeux grands ouverts, cherchait les moyens de réaliser son rêve.

De lueurs en déductions, il en était arrivé à conclure que l'évasion serait lente, qu'il ne faudrait compter que sur soi seul et sur le hasard.

Le captif s'exaspérait devant ces barreaux forgés qui étaient le premier obstacle, et non le moins formidable.

Les desceller d'abord, on verrait après.

Les desceller, oui, mais avec quel instrument ?

Lors des promenades dans la cour, Jean avait, d'un regard avide, cherché un corps métallique, un corps simplement dur. Peine perdue.

Le sol de la cour, pavé et soigneusement balayé, était net comme le parquet d'une salle.

L'officier avait alors minutieusement exploré sa cellule.

Rien qu'un lit de fer impossible à démolir, un escabeau et une cruche.

Il s'était fouillé lui-même et n'avait réussi à rassembler que ces deux objets métalliques : une épingle et un bouton de chemise dit « bouton double ».

Un matin qu'il s'habillait, farouche, il se prit à contempler ses souliers.

— Et ceux-là, se dit-il, ne pourraient-ils m'être utiles ?

Il en examina un de près, le palpa, le retourna... Les clous du talon semblaient le fasciner.

— Voilà mes armes, pensa-t-il.

Il n'avait. pour extraire ces clous, pas de tenailles. Il y suppléa avec les dents et l'épingle. Il mouillait le cuir, le piquait, le déchiquetait par lambeaux minuscules.

Pour avoir la première pointe, il mit deux semaines.

Ce faible résultat l'encouragea.

Il entreprit aussitôt d'effriter la pierre dans laquelle les barreaux demeuraient engagés.

Travail de patience, travail de malheureux que la perspective de la liberté reconquise pouvait seul soutenir.

Jean ne s'interrompait qu'aux heures des repas et de la promenade.

Il n'avançait pas vite. La pierre était dure.

Bientôt, la pointe, usée, ne put plus servir.

Il fallait en extraire une autre. Deux semaines perdues...

Le prisonnier calculait que, de ce train, il en aurait pour deux ans à déchausser les barreaux, en apportant au labeur la même fièvre, la même persévérance tenace.

Successivement il usa deux, trois, quatre pointes.

Le grignotement du métal troublait seul le silence de l'étroite prison.

Il amassait la poussière et, la nuit, la dispersait par petites pincées.

Avec de la mie de pain humectée, il bouchait provisoirement les fissures, qui eussent pu sembler étranges au gardien.

Ce gardien, ponctuel et sévère, passait chaque soir l'inspection de la cellule, s'assurait que le prisonnier avait de l'eau pour la nuit.

Un soir qu'il venait, ainsi qu'à l'ordinaire, de promener sa lanterne sur les murs gris de la pièce sinistre, Jean le vit fermer la porte et s'allait coucher quand il tressaillit.

D'habitude, aussitôt la porte massive refermée, on entendait la grosse clef jouer deux fois dans la serrure.

Or, la clef n'avait pas grincé, et pourtant le gardien s'était éloigné.

Jean crut s'être trompé.

Il attendit quelques instants, et, le cœur tressautant dans la poitrine, tira doucement la poignée...

La porte s'ouvrit.

Le gardien, par un étrange oubli, avait laissé la clef dans la serrure.

L'officier ne perdit pas son temps en méditations déplacées. Il se glissa dans l'entrebaillement de la porte, jeta un regard dans le long couloir...

Personne.

Il referma la porte à double tour, prit la clef, s'éloigna tranquillement dans une direction opposée à celle qu'avait prise le gardien tout à l'heure.

Cela le conduisit à un escalier qui tournait et s'enfonçait dans l'ombre.

Jean descendit l'escalier.

Au bas, il entrevit, par une porte ouverte, une manière de cour, et dans cette cour, des hommes qui allaient et venaient.

Jean se blottit derrière la porte.

Il ne voyait plus, mais il entendait.

Il comprenait aussi que ces hommes étaient des soldats de corvée chargés d'empiler des sacs de pains, qu'apportaient des ouvriers boulangers.

— Dépêchez-vous, n. de D..., criait un caporal. Il est dix heures, et il faut qu'à onze heures, tout soit prêt, vous entendez ? tout ! Les voituriers n'attendront pas...

Ce mot de voituriers frappa Jean d'un trait de lumière.

Il attendit que les soldats eussent terminé leur besogne. Puis, quand ils se furent éloignés avec des grognements de paresseux satisfaits de n'avoir plus à remuer les bras, l'officier quitta résolument son refuge, longea le mur, contourna les charrettes où se devinaient les sacs superposés, grimpa sur l'une d'elles.

Du tas montait une odeur lancinante de pâte chaude.

Il allait creuser un trou, se dissimuler, s'enfouir, quand il se ravisa.

Il venait de trouver un sac à moitié plein...

Il le délia, se mit dedans, se fit une place parmi les pains qu'il rangea aux deux extrémités pour conserver au sac une forme passable.

Puis il s'allongea et attendit, immobile...

Onze heures sonnaient quelque part lorsque des piétinements de chevaux et des jurons retentirent.

C'étaient les voituriers qui venaient prendre livraison de la fournée.

Jean se sentit bientôt véhiculé par la cour et les chemins sinueux avoisinant la forteresse.

Il n'avait cure des heurts et des cahots nombreux qui le ballottaient de droite et de gauche.

Il se tâtait le pouls, comptait les pulsations, en déduisant ainsi le temps écoulé et la distance parcourue.

Il se demandait aussi comment il allait pouvoir se tirer d'une situation plutôt embarrassante.

Et d'abord, où le menait-on ?

Il le sut bientôt, car l'un des charretiers, qui n'avait cessé de pester depuis le départ, cria à ses compagnons.

— Je parie qu'ils nous forceront à tout décharger nous-mêmes, comme mardi dernier.

— Bien heureux encore, fit un autre, s'ils ne nous obligent pas, après avoir flanqué les sacs le long du quai, à les garder à vue jusqu'à l'embarquement...

Les voitures s'arrêtaient peu après, à la file. Jean entendit des coups sourds... les sacs qu'on jetait à terre.

Il songea que, puisqu'il était sur le tas de la charrette, il se trouverait sous le tas, une fois les sacs jetés par-dessus bord. Et cette idée lui fit passer un frisson désagréable entre les épaules.

Il est probable qu'il se fût résolu à essayer de se tirer du sac où il était si des mains vigoureuses ne l'avaient saisi...

L'officier se sentit soulevé, balancé dans le vide...,

Puis une chute rapide suivie d'un choc douloureux...

Jean retint un cri et se raidit sous la toile.

— Ce n'est pas du pain, c'est du plomb ! plaisanta un des hommes en désignant le sac qu'il avait eu de la peine à manier.

— Allez donc, fainéants ! cria le major qui dirigeait l'opération.

Jean, peu à peu revenu d'un étourdissement bien compréhensible, entendait les sacs tomber autour de lui. Un hasard bienheureux voulut qu'il ne fût atteint par aucun d'eux.

La tâche finie, charrettes et gens s'éloignèrent.

L'aube commençait à poindre et l'officier, par les mailles du tissu, distinguait une clarté sans cesse grandissante.

Il eût bien recouvré l'usage de ses membres,

mais des factionnaires étaient là, à quelques pas, muets et attentifs.

Une demi-heure s'écoula, puis une heure, puis deux...

Le soleil, déjà, dardait ses rayons brûlants sur l'océan et la campagne.

Les factionnaires étaient partis, mais d'autres les avaient remplacés.

Les nouveaux venus, au rebours de leurs camarades, étaient loquaces et facétieux.

Des plaisanteries d'un goût douteux qu'ils échangèrent, ils passèrent à la vantardise, leur sport favori.

A les entendre, l'escrime à la baïonnette n'avait pour eux plus de secret.

— Tu vois ce sac, disait l'un des soudards ; suppose que ce soit un Français : Je me mets en garde. Un, deux, en avant, pointez !...

Il allongeait vivement le bras, plantait la baïonnette dans le sac, la retirait rouge de sang.

Les témoins de cette scène extraordinaire poussaient aussitôt des exclamations de surprise et de crainte :

— Qu'est-ce que c'est ?

— Nous pensions garder du pain, c'est de la viande.

— Mais non, je te dis que c'est du pain...

Le major, attiré par le vacarme, accourut.

Il ordonna qu'on ouvrît le sac au flanc duquel s'étalait une large tache rouge.

Les factionnaires, de plus en plus ahuris, trouvèrent Jean, évanoui, la cuisse traversée de part en part.

Le major se frotta les mains et félicita ses hommes :

— Mes compliments ; sans vous, ce chien se sauvait.

On transporta le blessé à l'infirmerie la plus proche.

Jean, revenu à lui, comprit que sa tentative avait échoué.

Il poussa un soupir et, docile, se laissa panser.

. . . .

Un mois plus tard, Jean, complètement remis, s'essayait pour la première fois à marcher dans le jardin de l'établissement sanitaire quand un sous-officier vint lui dire qu'il fallait réintégrer la forteresse.

Sous bonne escorte, Taillebourg fut emmené.

A sa grande surprise, au lieu de le diriger vers sa cellule, on le fit monter par le grand escalier du donjon central.

Il traversa, toujours surveillé de près, la cour du gouverneur et pénétra dans des appartements somptueux qu'il n'avait pas encore vus.

Un moment, l'on fit halte, et le chef de l'escorte frappa à une porte de chêne.

— Entrez, cria une voix caverneuse.

Le chef entra et ressortit peu après. Il fit signe à Taillebourg :

— Avancez jusque là... On veut vous voir.

Jean pénétra, seul, dans une salle immense, haute de plafond, lambrissée, ornée de nombreuses panoplies.

Autour d'une table, des généraux en grand uniforme étaient assis.

— M. Jean Taillebourg, officier de la marine française ? questionna l'un d'eux.

Le prisonnier regarda celui qui venait e parler.

— Oui, mon général.

— L'on m'a dit, poursuivit l'Allemand, que vous étiez prompt à saisir les occasions les plus inattendues pour...

Il parlait français, presque sans accent. Et plus Jean le regardait, plus il lui semblait avoir déjà vu cette figure quelque part, ce front bombé, ces yeux d'une grande dureté, cette moustache épaisse aux crocs exagérés.

L'Allemand, sans transition, s'adressa à ses voisins.

— Ainsi, vous croyez que nous avons toutes les chances ?

Les généraux, d'un mouvement de tête unanime, désignèrent Jean qui demeurait debout, se demandant ce qu'on lui voulait.

— Bah ! fit celui qui avait parlé le premier, qu'importe que notre « hôte » entende. Il ne me déplaît pas qu'il sache, même, et notre conversation, j'en suis sûr, l'intéressera.

Puis, à Jean :

— Il va sans dire que je suis charmé de vous avoir vu. Comme le séjour ici est fatigant par sa monotonie, on va vous changer d'air. Vous embarquerez ce soir pour Kiel, où, je l'espère, vous vous trouverez assez bien...

Le personnage aux crocs exagérés plaisantait, soulevait le rire obséquieux des autres. Et Jean, frappé d'une lueur subite, faillit s'exclamer :

— Le général en chef de l'aéronautique !

C'était le général en chef en personne. Il portait l'uniforme des cuirassiers blancs de la garde et ne s'occupait déjà plus de Taillebourg, qui put observer et écouter tout à loisir.

— Sommes-nous prêts ? demanda-t-il.

Un vieux major avait, sur la table au tapis vert, déployé une carte, et, le doigt glissant sur le papier, un autre chef fournissait des explications détaillées :

— La flotte peut appareiller au grand jour. Nous partirons vers le nord, nous contournerons l'Angleterre, à grande distance. Bien entendu, nous lancerons des dépêches indiquant que nos grandes manœuvres sont retardées d'un mois et que l'escadre demeure à Helgoland.

« De la sorte, toutes nos forces tomberont sur l'adversaire à la fois, un adversaire non averti, non préparé, dont nous aurons facilement raison. Nous entrerons à Paris dans moins de six semaines. Et j'ose dire que les habitants, sous la pression de nos armes, nous feront une réception triomphale.

Le général en chef caressait son épaisse moustache.

— Vous êtes sûrs des chiffres que vous m'avez donnés ? dit-il.

— Absolument sûrs.

— Alors, prenez toutes dispositions utiles. Ce sera pour le jour dont nous sommes convenus.

Jean n'avait pas perdu un mot de l'entretien. Les généraux s'étaient levés, accompagnaient le généralissime qui, disait-il, voulait passer une dernière revue. L'officier français, agité d'une violente émotion, s'aperçut à peine qu'on l'entraînait hors du donjon, qu'on le promenait par des chemins tortueux dont le dernier descendait à une manière d'anse au fond de laquelle des torpilleurs alignaient leurs coques noires.

Jean prit place à bord de l'un d'eux.

Le commandant lui répéta ce qui avait été dit au château, savoir qu'on partirait le soir, à destination du continent.

Le soir venu, l'on partit en effet.

Jean s'aperçut que seul le bâtiment sur lequel il se trouvait prenait le large.

Les autres torpilleurs demeuraient au port.

Bientôt, l'on fut en pleine mer.

L'air frais, la danse sur les grosses vagues, les coups sourds et répétés du piston, le ronflement de l'hélice, tout rappelait à Jean ses voyages d'autrefois.

Il ne put dormir de la nuit.

Le jour venu, il monta sur le port et trouva le commandant soucieux.

— Nous aurons du gros temps avant ce soir, dit-il en apercevant l'officier français qui s'approchait de la passerelle.

— Je ne pense pas, fit Jean, mais la houle est forte, et il y a des lames de fond.

Il avait à peine achevé sa phrase qu'une lame énorme, enflée comme à miracle, surgie brusquement, soulevait le torpilleur, le précipitait au creux de la lame voisine, le balayait d'une irrésistible trombe d'eau et d'écume.

Jean se sentit enlevé, entraîné, emporté...

Un moment, il vit le torpilleur, roulé et secoué horriblement. Il entendit les cris des matelots surpris et effrayés, puis il se laissa couler à pic...

Il ne voulait pas qu'on pût repérer sa position.

Un accident imprévu le rendait libre, il ne voulait pas retomber aux mains de ses geôliers.

Mais quelle liberté le hasard lui avait octroyée là !

Libre en plein océan, libre à plus de cent kilomètres des côtes !

Jean était nageur émérite. Il remonta à la surface, et, prudemment étendu, la tête à moitié immergée, il observa.

Le torpilleur avait fui la vague traîtresse ; il

s'éloignait à toute vitesse, et sa fumée noire se rapetissait de minute en minute.

On devait croire Jean perdu, coulé, noyé.

On ne le recherchait pas.

Il éprouva, dans sa solitude tragique, une immense joie.

A brassées lentes, il se maintenait sur l'eau mouvante.

Il comptait sur sa bonne étoile, il escomptait une rencontre possible avec un bateau marchand.

Elle se produisit tard dans l'après-midi, alors qu'il sentait ses forces diminuer.

Le navire, d'abord apparu à l'horizon comme un point avait grossi...

Jean, épuisé, ne pouvait faire aucun signal.

Il fut envahi de sombre désespoir en constatant que le cargo boat virait de bord et changeait de direction.

Jean ignorait qu'en avant de lui des récifs dangereux forçaient les navires à dévier leur ligne.

Cette circonstance, qui glaçait d'épouvante le naufragé, fut ce qui le sauva.

Pour reprendre le bon chemin, le bateau fut obligé d'obliquer fortement à tribord.

Il vint ainsi droit sur Taillebourg qui, épuisé, rassembla tout ce qui lui restait d'énergie pour se garer.

Moins de dix minutes après, il était happé au passage, hissé, ramené sur le pont de l'énorme maison flottante.

On lui prodigua les soins que réclamait son état.

Quand il revint à lui — car il s'était évanoui durant l'ascension le long des sabords — il remercia ses sauveteurs.

Ceux-ci lui répondirent avec une cordialité émue.

Et Jean, qui se demandait avec qui il allait avoir à frayer jusqu'au port le plus prochain, Jean ne put retenir un cri de surprise joyeuse.

Ses sauveteurs étaient français !

Le navire, chargé de bois, allait au Havre.

Le capitaine, un vieux loup de mer, se frotta les mains quand il sut qu'il avait recueilli Jean Taillebourg, l'officier prisonnier en Allemagne dont tous les journaux avaient parlé.

L'équipage ne fut pas moins enthousiaste.

On sabla le champagne.

On but à la santé du rescapé, à la prospérité et à la grandeur de la France.

Au fur et à mesure qu'on se rapprochait de la terre de France, Jean était envahi d'un trouble profond et délicieux.

Il allait donc revoir celle qu'il avait désespéré de retrouver jamais !

Car le plan de l'officier était tout tracé :

Il irait à Cherbourg, où l'appelaient maintenant l'amour et le devoir.

Il se jetterait follement dans les bras de l'aimée, se présenterait ensuite chez l'amiral-gouverneur.

redemandant le commandement du torpilleur 812, qu'on ne pourrait lui refuser.

Ensuite...

Jean fermait les yeux et son cœur se serrait d'angoisse en même temps qu'il battait de rage. Car les mots du généralissime allemand ne s'étaient pas effacés de la mémoire du captif maintenant délivré.

La France courait un immense danger. Il ne fallait pas laisser mourir la France !

Fièvre patriotique et fièvre amoureuse.

C'est dans cet état que Jean quitta, au Havre, ceux qui l'avaient sauvé.

Il prit le premier train en partance pour la direction de Cherbourg.

Il atteignit le port de guerre quelques heures plus tard.

Alors, fou d'amour, et sans attendre la nuit, il se hâta vers la maison de Simone.

Ce fut le vieux Franck Christian qui le reçut et le pria d'entrer.

. . . .

CHAPITRE VII

L'oiseau de proie

A l'hôtel de Brunsbuttel où elles étaient descendues, Simone et Yvonnic avaient pris un repos bien gagné.

Adroitement, la jeune fille s'était informée des moyens de communication avec l'île Helgoland.

Elle était résolue à partir aussitôt qu'elle se sentirait assez forte pour se risquer sur la vaste étendue mouvante.

En attendant, Simone et Yvonnic sortaient peu, ne descendaient jamais à la table d'hôte, mangeaient dans leurs chambres, s'efforçaient de ne pas attirer sur elles l'attention des voisins.

Un soir qu'elles dévisaient à voix basse, humant l'air frais du crépuscule, elles surprirent, dans la cour du bas, une conversation qui ne les intéressait que trop.

— Ne logez-vous pas depuis peu deux étrangères ? interrogeait un homme qu'on ne pouvait voir à cause de l'ombre, mais que Simone crut avoir déjà entendu quelque part.

L'hôtelier répondit négativement.

— Voyons, rassemblez vos souvenirs : deux jeunes femmes, une brune, jolie, et une blonde, la servante, robe noire et coiffe blanche.

— Mais, messieurs...

— La curiosité n'est pas ce qui nous pousse, fit un autre interlocuteur. Sachez que deux espionnes sont dans votre établissement...

— Deux espionnes !...

— J'ai dit deux espionnes... Et nous avons mission de les appréhender au nom de Sa Majesté.

Simone, à ces mots, s'était mise à trembler :

— Berttmann ! bégaya-t-elle. Lui !... Fuyons !... Affolées, elles se précipitèrent dans le couloir.

— Si nous descendons, mademoiselle, nous sommes perdues, fit Yvonnic. Montons plutôt.

Elles gravirent les degrés d'un escalier obscur. D'en bas, montaient des bruits de voix :

— Par ici, Messieurs... Des espionnes, Seigneur ! Des espionnes chez moi !...

— Hâtons-nous, dit Simone.

Elles se trouvaient, au dernier étage, devant une porte close. Impossible d'ouvrir.

La voix de Berttmann résonnait au-dessous, furieuse :

— Hôtelier de malheur ! traître !... Tu es complice !...

Le patron de l'hôtel s'abîmait en protestations de loyalisme :

— Elles étaient là... J'en suis sûr... D'ailleurs, leurs bagages ne se sont pas envolés...

— Nous allons bien voir, gronda Berttmann.

Les jeunes filles devinaient la perquisition, les meubles vérifiés, les tentures scrutées. C'était un temps précieux qu'il importait de mettre à profit.

— Mademoiselle, souffla Yvonnic, je crois que j'ai trouvé.

De sa poche, elle tirait un passe-partout ; elle l'essayait...

O bonheur ! la serrure avait un petit grincement, la porte s'ouvrait...

— Vite, par ici...

Il était temps ! Des pas lourds résonnaient sous elles, se rapprochaient. L'hôtelier geignait :

— Messieurs, je vous assure que je n'y comprends rien, rien...

Ils comprirent en entendant, dans la serrure, jouer une clef que de l'autre côté de la porte, Yvonnic tournait d'une main nerveuse.

— Hourrah ! Elles sont à nous, hurla Berttmann.

Son compagnon, qui n'était autre, on l'a deviné, que Grosbach, voulait enfoncer la porte.

— Gardez-vous en bien, fit l'hôtelier ; je ne suis pas propriétaire de l'immeuble, moi... locataire seulement... Et les dégradations...

— Alors, comment pénétrer ?

— La clef est au rez-de-chaussée.

— Mais les espionnes...,

— Elle ne s'envoleront pas, allez...

— Eh ! bien, descends et remonte avec l'instrument, nous t'attendons.

Pendant que s'échangeaient ces brèves paroles, Simone et Yvonnic exploraient le réduit qu'elles avaient, non sans peine, réussi à atteindre. C'était une mansarde dont la « tabatière » se découpait en clair au plafond sous les premiers rayons de la lune.

Les deux fugitives eurent ensemble la même idée.

Elles firent jouer la corde, ouvrirent la tabatière.

Yvonnic traîna une petite table jusqu'au centre de la pièce.

Simone mit une chaise sur la table, se hissa...

Quinze secondes plus tard, elle était sur le toit.

Yvonnic répéta cette gymnastique facile.

Puis toutes deux commencèrent à cheminer avec précautions.

Elles se courbaient pour n'être point remarquées des gens qui passaient dans les rues d'alentour.

D'instinct, Simone se dirigeait vers la mer.

Maîtresse et servante arrivèrent assez rapidement au bout d'une rangée de toitures aiguës.

Sous elles, du noir, du vide, une place, sans doute...

Elles entendaient le trot des chevaux et le bruit des roues sur le pavé.

Fuite impossible de ce côté là.

Elles durent revenir sur leurs pas, avec la crainte de rencontrer leurs poursuivants tenaces.

Elles eurent la chance de franchir la toiture de l'hôtel au moment où le patron remontait, désolé, annonçant qu'il ne savait pas où il avait mis la clef de la mansarde. Berttmann et Grosbach, furieux, le menaçaient des pires châtiments, épuisaient leur vocabulaire des grands jours :

— Tu te moques de nous ! Mais tu nous la payeras !

A la faveur de cet incident, Simone et Yvonnic prenaient de l'avance. De tuiles en ardoises, de tuyau de tôle en cheminée, elles étaient arrivées à l'autre extrémité de la rangée de maisons. A quelques mètres au-dessous d'elles, un arbre étendait ses branchages. Comment atteindre cet arbre ?

Cette nouvelle difficulté rendait les jeunes filles haletantes.

De la main, elles cherchaient sur le mur des saillies propices à la descente. Rien.

Il eût fallu une corde, une échelle...

Et encore, on n'eût pu se servir ni de l'une, ni de l'autre, faute de pouvoir les accrocher à une extrémité. Bientôt, sur les toitures rapprochées, on entendit des pas et des voix d'hommes.

Berttmann et Grosbach avaient dû enfoncer la porte, se servir de la table et de la chaise.

Ils arrivaient...

Simone se tordait les bras de désespoir.

— Plutôt mourir que de tomber dans leurs mains ignobles, gémit-elle.

Yvonnic eut une idée suprême.

— Votre manteau... donnez-moi votre manteau...

Simone se dépouilla rapidement. Yvonnic prit le manteau de sa maîtresse et le sien, les lança sur l'arbre où ils s'étalèrent.

Berttmann venait d'apercevoir les fugitives.

— Par ici ! rugit-il, cette fois, les poulettes sont à nous.

Simone dit : « Jean, je t'aime !... Adieu ! »

Et elle s'élança dans le vide.

Yvonnic, résolue, en fit autant.

Il y eut, dans la nuit, un craquement de bois sec, des froissements de feuillage.

Mais pas un cri.

Berttmann et Grosbach, arrivés sur le rebord du toit, étaient consternés.

— Elles se sont tuées ! grincèrent-ils.

— De si jolies filles !

— Finie, la nuit d'amour !

Ils ne songeaient qu'à la luxure ; ils n'avaient pas un mot d'admiration pour l'héroïsme de ces deux femmes qui n'avaient pas reculé devant une mort presque certaine...

— Mon pauvre Berttmann, nous sommes volés !

— Redescendons, dit Bertmann, nous verrons toujours leurs cadavres.

Ils battirent en retraite.

Ils racontèrent la chose à l'hôtelier qui n'y pouvait croire.

Tous trois, il gagnèrent la rue, se rendirent à l'endroit où ils pensaient trouver les corps mutilés des malheureuses.

Le sol était net. Pas la moindre robe, pas la moindre tache de sang.

Ils dirigèrent dans le feuillage de l'arbre le faisceau lumineux d'une lanterne puissante.

Ils distinguèrent des branches cassées, des feuilles meurtries. Alors, ils comprirent.

Par un hasard providentiel, les branches feuillues avaient amorti la chute des fugitives.

Elles ne devaient pas être loin.

Des gens, que cette recherche à la lanterne intriguaient s'étaient attroupés.

Grosbach et Berttmann leur donnèrent le signalement des deux Françaises.

— Des espionnes, ajouta-t-il.

Alors, les assistants entrèrent en fureur et se répandirent par les rues de la ville, signalant à ceux qu'ils rencontraient la présence des étrangères

Leur sottise ajoutant à l'imagination, ils se représentaient les deux femmes très laides et très méchantes, armées jusqu'aux dents, des harpies qu'il s'agissait d'exterminer.

Longtemps, sous la direction de Berttmann et de Grosbach, ils battirent les squares, les jardins et les carrefours. Peine perdue.

Simone et Yvonnic étaient déjà loin.

Frissonnantes d'horreur, elles s'étaient laissées choir, croyant leur dernière minute arrivée.

Elles étaient étourdies, mais non blessées.

Alors, avait commencé une descente rapide, presque imprudente, accompagnées de fracas de branches brisées, de froissements d'écorce, de glissades inquiétantes.

Puis elles avaient traversé la place en courant.

Une ruelle se présentait qui menait au port. Elles s'y engagèrent et se tinrent toute la nuit cachées dans une barque.

Au petit jour, elles quittèrent leur retraite et se rendirent au consulat.

Elles le découvrirent, après bien des allées et venues, tout en haut de la ville.

Elles trouvèrent le consul affairé, bouclant des

valises. Elles lui expliquèrent le but de leur visite.

Le consul hochait la tête :

— Vous arrivez au bon moment, dit-il quand Simone eut terminé le récit de sa lamentable odyssée. Je vous emmène tout de suite si vous voulez, parce que, moi aussi, je dois m'éloigner d'ici au plus vite.

Je vous expliquerai tout en route. Nous n'avons pas de temps à perdre. Suivez-moi.

Ils sortirent. A la porte, une automobile attendait. Ils y prirent place.

Quand on fut en rase campagne, le consul renseigna ses compagnes de route.

— J'ai reçu hier soir, par télégramme chiffré, l'avis que je courais un grand danger et que l'Allemagne allait attaquer la France sans déclaration de guerre.

Je vais rejoindre mon régiment.

Simone s'étonna :

— Mais comment a-t-on su...

A ce moment, Yvonnic, qui s'était retournée, s'écria :

— Voyez donc, là-bas, une autre automobile qui vient !

Le consul regarda vivement en arrière.

— Nous sommes poursuivis ! dit-il.

Il donna ordre au chauffeur d'accélérer la vitesse. Le moteur redoubla de ronflements, et l'on dévora l'espace.

— Je reconnais la voiture, fit le consul qui, de

nouveau, examinait les poursuivants ; c'est celle de Von Grosbach...

Simone devint horriblement pâle.

— Encore lui ! dit-elle.

L'auto de Grosbach montait rapidement la côte, venait à eux...

—Rejetons-nous dans le bois, fit le consul.

Ils arrêtèrent l'auto et se dirigèrent vers le fourré le plus proche, à l'exception du chauffeur qui, lui, demeurait sur la route, bien en évidence, la figure éclairée d'un sourire narquois.

— Qu'attends-tu ? lui cria le Français.

Le chauffeur haussa les épaules ; les trois fugitifs comprirent. Ils étaient trahis !

Le consul, à bon droit révolté d'une telle attitude, se fouilla, cherchant son revolver.

— Attends ! fit-il, très maître de lui-même ; tu vas recevoir le salaire de ta lâcheté.

Mais il pâlit en constatant qu'il avait oublié de prendre l'arme.

Pendant ce temps, l'auto de Grosbach était arrivée à la hauteur du groupe. Elle stoppa.

Grosbach en personne et Berttmann mirent pied à terre, suivis de deux hommes armés.

Le chauffeur qui venait de trahir se joignit aux nouveaux venus.

Ils étaient cinq gaillards résolus contre un homme et deux femmes sans défense.

Berttmann fit quelques pas en avant, et, s'adressant au consul :

— Où alliez-vous ?

— Vous le savez, répondit fièrement l'interpellé. Une fois de plus, l'Allemagne se rend coupable d'une lâche agression...

Il n'eut pas le temps de poursuivre. Bertmann avait allongé le bras ; un coup de feu retentit...

Le consul roula sur le sol, mortellement atteint.

Les deux femmes frémirent d'horreur et de révolte :

— Assassins ! misérables ! crièrent-elles.

Berttmann leur répondit par un ricanement.

— Toi, ma belle, fit-il en regardant Simone, il y a longtemps que je te cherche. Tu es à moi maintenant.

— Pas encore ! répliqua la Française. Horreur! Ne me touchez pas !

Grosbach s'était approché d'Yvonnic :

— Gentille enfant, commença-t-il...

La Bretonne, galvanisée de dégoût, lui coupa la parole.

— Tais-toi, Prussien.

Berttmann fit un signe :

— Allons, ouste, enlevez ! ordonna-t-il aux hommes armés qui jusqu'à présent étaient demeurés en arrière.

Ils obéirent. En un clin d'œil, Simone et Yvonnic furent saisies, ligotées, enlevées, transportées jusqu'à l'auto, jetées brutalement sur la banquette. Berttmann, Grosbach et leurs complices remontèrent, s'en furent jusqu'à l'autre automobile qui était restée sur le bord du chemin.

Ils garnirent le réservoir d'essence ; le chauffeur reprit sa place au volant, et, parmi les explosions répétées des moteurs et la poussière de la route, les ravisseurs emportèrent leurs proies...

. . . .

CHAPITRE VIII

Le vieux Christian

En apercevant Jean Taillebourg, le vieux Franck Christian avait manifesté une heureuse surprise.

— Vous ? répétait-il. Vous ?... Entrez...

Et quand l'officier se fut assis :

— Je vous croyais prisonnier des Allemands... Comment se fait-il ?

Taillebourg cligna de l'œil et dit en riant :

— Je leur ai joué la fille de l'air. Ça n'a pas été commode, je vous assure...

Une question lui serrait la gorge ; il n'osait la formuler :

— Et Simone ?

Franck Christian le devina.

— Simone ? Mon enfant ! Ma pauvre enfant... Elle vous aime bien... Elle est partie.

Jean se redressa :

— Partie !...

— En Allemagne... A votre recherche !... Ah ! c'est un grand malheur.

A son tour, le vieux racontait : Il était allé à Paris, n'est-ce pas, pour faire part au ministère de la guerre d'une invention merveilleuse à laquelle lui, Christian, travaillait depuis trente ans. Un matin, il avait reçu une lettre de Simone, une lettre qui expliquait tout et demandait le pardon...

— Je n'ai pas eu de ses nouvelles depuis, fit-il. Un malheur lui est probablement arrivé !...

L'officier courbait la tête accablé.

— Oui, poursuivit Franck Christian, un instinct me dit qu'elle est tombée aux mains de Berttmann l'espion.

— Berttmann ? Mais il est en France ?

— Il y était, murmura le vieux ; un traître, un Prussien que j'ai chassé d'ici. Il est homme à m'avoir ravi mon enfant.

Le père et le fiancé se regardaient, abîmés de crainte douloureuse. Jean, le premier, revint à la réalité; plus sombre que Christian ne le supposait.

— Savez-vous que nous allons avoir la guerre ?

Le vieillard crut que Jean perdait la raison.

— La guerre ? Allons donc !

— Oui, je vous dis, moi, que la France va être attaquée dans quelques jours, brusquement, sans déclaration préalable.

« Cela commencera par une descente de la flotte allemande..

Franck Christian parut transfiguré.

— Ah oui ! s'écria-t-il, eh bien ! qu'ils y viennent ! Ils me paieront d'un seul coup l'arriéré de leur dette qui est lourde ! On verra ce que peut un Alsacien quand la patrie est en danger.

— Mon devoir, déclara Jean, est de prévenir le ministre.

— Je vous accompagne, mon fils, dit le vieillard.

Le lendemain matin, à la première heure, ils étaient chez le ministre.

Ce dernier, à la vue de la carte de bristol sur laquelle se détachaient ces deux mots « Jean Taillebourg » donna ordre de faire entrer.

Il félicita le marin de son courage, de son sang-froid et de la bravoure dont il avait fait montre avant sa captivité.

Quand il sut l'agression dont allait être victime le pays, il entra dans une méditation profonde.

Il était visiblement atterré.

Franck Christian éleva la voix.

Le ministre écoutait sans perdre une syllabe les explications fournies par le vieillard.

Les Allemands agissaient en sournois ; ils seraient pris à leur propre malice.

Libre à eux de nous faire risette et de préparer le plus monstrueux des coups de force.

Ils pouvaient, à loisir, armer, grouper et envoyer des croiseurs et des cuirassés.

On ferait tranquillement sauter les uns et les autres.

Il suffirait, pour cela, qu'on mît à la disposition de Christian un bâtiment léger et rapide, sur lequel il installerait l'appareil redoutable.

Le ministre questionna :

— Un torpilleur ?

— Certainement ; mais un torpilleur ayant donné des preuves de vitesse et d'endurance.

Les yeux de Jean brillaient d'un éclat subit. Le ministre dit :

— Monsieur Taillebourg, combien file le torpilleur 812, dont vous avez le commandement ?

L'officier répondit :

— Trente nœuds, toutes chaudières à la pression maximum.

— Vous sentez-vous homme à aller seul au-devant d'une flotte ennemie ?

— Oui, monsieur le ministre.

— Nous avons confiance en vous, songez que de votre adresse, de votre esprit d'initiative et de décision dépendront en grande partie la sécurité de la France.

Jean ne trouvait pas de mots pour remercier le chef suprême. Le visage contracté d'une émotion sublime, il dit simplement :

— J'irai... pour la France !

. . . .

Huit jours plus tard, le torpilleur 812 quittait Cherbourg pour une destination inconnue.

Les rares passants qui s'étaient arrêtés pour assister au départ du léger bateau de guerre avaient remarqué, non sans surprise, la présence à bord d'un homme qui ne portait pas le costume de marin. Cet homme avait les cheveux gris, sa grande barbe flottait dans le vent qui soufflait du large.

Il se tenait sur la passerelle, près du commandant et semblait regarder amoureusement une caisse de dimensions moyennes placée entre la boussole et le gouvernail.

Par moments, dans ses yeux, passait une grande tristesse qu'éteignait presque aussitôt une flamme ardente et farouche.

Le vieux Franck Christian songeait à sa fille, mais plus encore à la patrie.

Il savourait par avance les délices de la vengeance si longtemps attendue.

Sa haine se fût accrue bien davantage encore s'il avait pu voir Simone, sa petite, tombée aux mains de Berttmann et de Grosbach.

. . . .

Imombile au fond de l'auto qui roulait, infatigable, Simone masquait son désespoir sous des dehors de hautaine fierté.

Vers le soir, après bien des villages traversés des bourgades où l'on ne s'était arrêté que le temps de « faire de l'essence », on avait atteint une manière de ville aux maisons basses et pointues, alignées ainsi que les soldats à la parade.

De près, Simone s'aperçut que les maisons n'étaient autres que les tentes d'un vaste camp, et que les habitants portaient tous l'uniforme.

A l'extrémité du camp, un bâtiment de pierre grisâtre s'élevait.

L'auto stoppa devant la porte.

Berttmann descendit le premier et offrit son bras à Simone.

Celle-ci le repoussa :

— Non inutile !

Elle sauta à terre, suivie d'Yvonnic que les manières empressées de Grosbach irritaient de façon visible.

Berttmann ouvrit la porte.

— Ohé ! cria-t-il, ce fainéant de Schlug n'est jamais là quand on a besoin de lui.

— Je viens, je viens, fit un gros homme violâtre soudain apparu. Qu'y a-t-il pour votre service messieurs ?

— Demandez à ces dames ce qu'elles veulent manger, dit Grosbach.

A ce moment, quelqu'un frappa à la porte.

— Qui est-ce ? demanda Grosbach.

— Je n'y suis pour personne ! gronda Berttmann

Du dehors, cependant, quelqu'un criait :

— Von Grosbach !... Von Berttmann !... Affaire de service ! Urgent ! Très urgent !...

Ces mots magiques : « Affaire de service » rendit les deux compagnons tremblants et dociles.

— C'est bien, on y va ! fit Grosbach.

Il ouvrit la porte avec empressement ; un sous-officier aparut dans l'encadrement, fit le salut militaire et se disposait à parler, quand il aperçut Simone et Yvonnic dans l'angle opposé de la pièce.

— Ma communication n'intéresse pas ces dames! déclara-t-il.

— Bah ! va donc !

— Ordre du général de ne communiquer qu'à vous seuls...

Berttmann et Grosbach redevinrent tremblants et maniables.

— Devant la porte, alors, nous sortons.

Quand ils furent tous trois dans le couloir :

— Eh bien, quoi, qu'y a-t-il ? fit Grosbach.

— Il y a, dit le sous-officier que le français détenu à l'île Helgoland s'est évadé...

Berttmann et Grosbach poussèrent le même rugissement désappointé :

— Evadé !...

— Et qu'il est détenteur d'un gros secret... On dit même qu'il tient ce secret de la bouche de von Huswig...

— Comment cela ?

— Je n'en sais rien... ce n'est pas dans ma mission... Je suis seulement venu vous d're que vous avez ordre d'appareiller au plus tôt, le Zeppelin devant partir pour Helgoland demain matin au petit jour.

Le sous-officier salua, tourna les talons et disparut, laissant Grosbach et Berttmann effondrés. Ce dernier répétait hagard :

— Appareiller au plus tôt... partir demain matin...

Grosbach, lui, souriait dans sa barbe chanvreuse. Il souffla à l'oreille de Berttmann :

— Dis donc, mon vieux, j'ai une idée.

— Laquelle ?

— Pourquoi n'emmènerions-nous pas les poulettes ?

— Où ça ?

— A bord du Zeppelin.

— Tu es fou ?

— Mais non, réfléchis : il y a assez d'appartements dans la nacelle. Les deux cabines de derrière, par exemple...

— Oui, mais nous sommes lestés au plus juste, et deux femmes, cent vingt kilos pour le moins.

Grosbach réfléchit.

— Cent vingt kilos ?... Mais mon vieux, c'est le poids de notre provision de bombes... Délestons-nous des bombes !

— Si l'on s'en aperçoit ?

— Qui veux-tu qui s'en aperçoive ? Ne suis-je pas le commandant, donc le maître ? Jamais on n'a passé la moindre revue, et j'ai toujours trouvé idiot qu'on nous munît d'engins dangereux en manœuvres.

Berttmann hésitait, Grosbach appuya :

— Te représentes-tu l'amour à deux mille mètres d'altitude ? Ce sera inédit et délicieux. Et puis, les cocottes verront du pays, ça les rendra faciles et caressantes. Note que nous les embarquerons de nuit et que personne ne se doutera de l'aventure.

— Si elles crient ? Si elles ameutent le quartier des aérostiers ?

Grosbach dit, en appuyant sur les syllabes, de façon à bien marquer qu'il avait aussi son plan là-dessus.

— Elles ne crieront pas !

Pendant qu'avait lieu ce rapide dialogue, Simone et Yvonnic, de leur côté, se concertaient.

— Pas de fenêtre et eux dans le couloir, murmura la servante, nous sommes perdues.

— Plutôt mourir que d'appartenir à ces monstres ! dit farouchement Simone.

Elle s'approcha de la table et prit deux couteaux à dessert, longs et effilés.

Elle en tendit un à la Bretonne :

— Tiens, prends, et tu sais ce que tu as à faire.

Elles mirent l'arme dans le corsage, si vite, si adroitement que Berttmann, qui rentrait le premier, ne s'aperçut de rien.

Je ne suis pas, dit-il, le monsieur impoli et brutal que vous croyez ; et la preuve, c'est que non seulement je ne vous toucherai pas sans votre permission, mais qu'encore je vous invite à faire en ma compagnie un voyage des plus agréables.

Simone, se demandant s'il raillait ne bougeait pas.

Berttmann reprit :

— Pour la récompense, vous m'accorderez tout de même bien un baiser...

Il s'approchait, la figure balafrée d'un sourire hypocrite.

Simone porta la main à son corsage.

Elle cherchait le couteau, résolue à en finir.

Mais elle n'eut pas le temps d'en arriver à l'acte qui l'eût à jamais débarrassée du hideux personnage.

Derrière elle, surgis d'une porte que la tapisserie masquait parfaitement, des hommes robustes l'empoignaient, l'immobilisaient, tandis que Berttmann lui appliquait sur la figure un mouchoir imbibé de chloroforme.

La jeune fille eut quatre ou cinq soubresauts désespérés, puis elle demeura soudain immobile, les yeux clos, la tête dodelinante, les bras mous, le corps abandonné.

Yvonnic, victime du même lâche procédé, fut bientôt à la merci de Grosbach, comme Simone l'était à celle de Berttmann.

Les deux ignobles personnages enveloppèrent leurs victimes dans des couvertures.

Puis, ils les firent transporter jusqu'à la nacelle du Zeppelin.

En passant au corps de garde, ils déclarèrent sans sourciller :

— Cargaison du dirigeable.

On les laissa passer.

Peu après, étendues côte à côte, insensibles aux

bruits du dehors, inertes parmi le va-et-vient des préparatifs de départ, les jeunes filles reposaient dans la cabine de Grosbach.

Elles ne reprirent leurs sens qu'au jour, alors que le Zeppelin était déjà parti.

L'équipage était tout à la manœuvre, et Simone, les vomissements causés par le chloroforme une fois passés, put contempler le magnifique paysage qui se déroulait devant elle..

L'énorme ballon glissait mollement dans l'air tiède et ensoleillé. Les trépidations régulières du moteur donnaient l'illusion d'une promenade en bateau par temps calme.

Yvonnic remise à son tour, oubliait les transes de la nuit passée, et observait de ses yeux agrandis par la surprise.

On navigua ainsi longtemps.

Le soleil baissait à l'horizon ; la nappe étincelante grandissait peu à peu.

Bientôt le Zeppelin se trouva au-dessus d'elle ; il piqua du nez et se rapprocha des flots assez pour qu'on les vît courir en rangs pressés, couronnés d'écume.

Le ballon maintenant, se trouvait au-dessus d'un château fortifié et descendait d'un mouvement lent et majestueux.

Il atterrit dans une cour immense et déserte.

Des officiers de service vinrent le reconnaître, se rendre compte des fatigues qu'il avait subies au cours de la traversée.

L'un de ces officiers se tenait en arière. Avec sa forte moustache aux crocs exagérés, son front que barrait un pli transversal, il avait l'air du chef, celui auquel les autres ne parlaient qu'avec de profondes marques de respect et de passive obéissance.

Un à un, les visiteurs s'en allèrent. Bientôt ne restèrent plus à bord que l'homme de quart, Berttmann, Simone et Yvonnic.

Les jeunes filles escomptaient une nuit de tranquillité, et prenaient leurs dispositions pour reposer, lorsque Berttmann entra.

Il n'avait pas frappé. Il était en armes et tenait un revolver à la main.

— Vous, ordonna-t-il à Yvonnic, faites-moi le plaisir d'aller voir dans la cabine voisine si j'y suis. Je vous rappellerai quand j'aurai besoin de vos services.

La Bretonne toisa le Prussien qui mit le revolver en joue.

— Vous avez compris ? mâchonna-t-il.

Yvonic, sans un mot, se retira, en se promettant de demeurer derrière la porte, attentive, et d'intervenir au premier signal.

Alors Berttmann s'approcha de Simone jusqu'à la frôler.

— Et maintenant, commença-t-il, me repousses-tu ?

Elle recula d'un pas.

— Vous savez bien que je ne veux pas de vous !

— Mais, je te veux, moi... Ah ! tu me repoussais là-bas à Cherbourg, chez ton père. J'étais le Prussien, l'espion... Ici, je suis le maître, sais-tu bien. Ton existence est à ma merci.

Elle l'écoutait à peine. Au lieu d'acquiescer ou de se débattre, elle demanda :

— Où sommes-nous ici ?

— A Helgoland.

Elle répéta, comme en extase :

— A Helgoland !

Et elle frémissait à la pensée que Jean, son fiancé, son bien-aimé était enfermé tout près, qu'il la croyait éloignée, et qu'elle se trouvait dans l'ile peut-être même dans la forteresse où il se mourait d'ennui.

Berttmann se faisait pressant.

— Tu es jolie... et moi, suis-je laid ? J'ai l'air agréable, quoi que tu en dises. L'amour avec toi, ce sera fou, ce sera à en mourir de bonheur. Oh ! l'ai-je assez attendue, cette minute ! A présent, je te veux...

Simone n'écoutait toujours pas, une voix très douce la berçait comme une caresse. Elle entendait la voix de Jean, quand il lui disait, sous la charmille :

« Simone, ma Simone, je t'aime et je reviendrai bientôt. »

Elle demanda encore :

— Est-ce que Jean Taillebourg supporte bien sa captivité ?

— Très bien, répondit Berttmann avec une atroce grimace. Il chante, il mange comme quatre, il est tombé amoureux de la fille du geôlier...

— Vous mentez ! cria la jeune fille, Jean est à moi, il me l'a juré ; vous l'avez tué, peut-être ?

— Je t'affirme que nous ne l'avons pas tué. Il se porte bien, très bien, tu peux m'en croire.

Il n'osait pas dire : « Nous avons été assez niais pour le laisser échapper » Il revint au sujet qui lui tenait au cœur, plus encore à la chair

— Allons, dis-moi que tu veux être à moi ?

Il l'avait saisie aux poignets, la serrait à lui faire mal, tendait ses lèvres humides et lippues pour prendre un baiser. Simone se cabra pour éviter l'odieux contact.

— J'aime Jean, articula-t-elle d'un accent qui eût touché tout autre que la brute dont elle ne parvenait pas à se débarrasser. Je vous dis que j'aime Jean et que je veux le voir !

Une idée germa sous le crâne du Teuton qui lâcha prise et dit d'un ton faussement aimable :

— Eh bien oui, tu le verras !...

— Oh ! merci... Vous n'êtes pas aussi méchant que je l'aurais cru. Voir mon Jean... Je vous demande pardon pour les paroles dures que je vous ai dites... Mon Dieu !... Revoir mon aimé! Enfin!

Berttmann écumait de rage jalouse et se mordait les lèvres. Simone joignit les mains :

— Conduisez-moi... Conduisez-moi !...

Berttmann siffla plus qu'il ne dit :

— Tu l'aimes donc bien ?

— Si je l'aime ! fit la pauvre enfant ; je ne vis pas loin de lui, il a emporté mon cœur et ma pensée, il est moi-même... Il a dû tant souffrir, il doit tant souffrir encore... Et moi, qui m'attarde à parler au lieu de voler vers lui... Conduisez-moi...

Berttmann laissa tomber lentement :

— Oui, tu le verras... Mais après... Donne-toi toute avant !...

Simone s'était redressée :

— Jamais !

Le Prussien devint livide.

— Ah oui ? Je t'aurai, va, je t'aurai de force...

Il se jetait sur elle et une lutte s'engageait. Berttmann était fort. Simone était résolue. Souffle contre souffle, sans un mot, ils cherchaient : lui à se rendre maître, elle à se dégager. Entre deux efforts, Berttmann vomissait des insultes :

— Catin ! D'autres t'ont eue en payant. Moi, je ne te donnerai pas un radis... pas un radis... et je t'aurai...

Mais soudain une sonnerie retentit.

Vivement, Berttmann s'enfuit par la porte demeurée entr'ouverte.

Il venait de reconnaître la sonnerie qui annonçait la venue du généralissime inspecteur.

Il eut juste le temps de refermer la porte derrière lui, et de sauter par-dessus le bastingage de la nacelle.

Von Hulwig arrivait.

— Bien cela, dit-il, de ne pas vous endormir et de vous occuper du service. Tout est-il prêt? Avez-vous les bombes ?

— Oui, mon... général. Nous avons des bombes, effectivement.

— D'ailleurs, acheva Hulwig, je vais passer l'inspection moi-même. Veuillez me montrer le chemin....

Grosbach pâlit et échangea avec Bertmann un regard furtif qui n'échappa point au chef.

— Si mon général veut me suivre...

Grosbach fit jouer un petit portail métallique par où l'on avait accès dans la nacelle. Et de suite, il détailla les pièces et les compartiments.

— Ici, le réservoir à essence. Là, les accumulateurs... là, l'hélice de rechange.

— Et la chambre aux cordages ?

— A droite... mon général peut se rendre compte. Les bombes sont ici, sous ces bâches que j'ai fait mettre et étendre à cause de l'humidité.

— C'est bien pensé ! approuva le grand chef.

Grosbach et Berttmann respirèrent. Le plus dur de l'affaire était « enlevé ». Le général paraissait satisfait. Il ne dissimula pas sa satisfaction devant les appareils de télégraphie, aux poignées de cuivre soigneusement astiquées. Avant de quitter la nacelle, il voulut voir les cabines de l'arrière.

— Elles sont inutilisées pour le moment, n'est-ce pas ?

Berttmann, au comble de l'embarras cherchait

une réponse évasive. Mais déjà von Hulwig avait tourné le loquet et poussé la porte, que, l'instant d'auparavant Berttmann avait refermée.

Le généralissime se trouvait en présence de deux femmes armées de couteaux.

— Quelle est cette plaisanterie ? demanda-t-il.

Grosbach se hâta de répondre :

— Deux espionnes que nous avons capturées au départ. Deux Françaises... Mon général peut les interroger... Elles rôdaient autour du Zeppelin avec des appareils photographiques. Nous n'avons pas hésité... D'ailleurs, nous partions, nous n'avons pas eu le temps de les remettre aux autorités...

Von Hulwig fronçait les sourcils.

— Vous avez bien fait, dit-il à Grosbach.

Puis, s'adressant aux prisonnières :

— D'où êtes-vous ? demanda-t-il en français.

— Monsieur, répondit Simone, vous avez l'air bon ; vous allez comprendre...

« Je suis la fiancée de Jean Taillebourg...

Le général frappa du pied et ne laissa pas continuer la jeune fille.

— Compris ! compris ! s'écria-t-il. Famille dangereuse... Grosbach, emmenez les coquines, et quand vous serez au large, jetez-les par-dessus bord. Je ne veux pas être joué par les donzelles après l'avoir été par l'autre !

Il s'éloigna suivi de Grosbach et de Berttmann.

Alors Simone, se jetant dans les bras d'Yvonnic fondit en larmes.

Son dernier espoir s'évanouissait.

Plus jamais elle ne verrait Jean ; plus jamais elle n'entendrait sa voix, ne lirait dans ses yeux profonds, ne connaîtrait les paroles d'amour qui chavirent le cœur.

Elle ne savait pas, la pauvre enfant, qu'à l'heure où les sanglots lui brisaient la poitrine, le Jean qu'elle croyait prisonnier voguait, en plein air à mille kilomètres de là, s'employait de tout son être, de toute son intelligence et de son énergie à la tâche sacrée.

Longtemps, Simone pleura ainsi. Elle ne recouvra un calme apparent que lorsque le bruit des pas répétés autour de la cabine avertirent les prisonnières qu'on se préparait au départ.

Moins d'une demi-heure après, le Zeppelin levait l'ancre.

CHAPITRE IX

La rencontre

Depuis huit jours, Jean Taillebourg croisait entre Yarmouth et Helden.

Il allait de la côte anglaise à la côte hollandaise et vice-versa, attentif aux mouvements des vaisseaux lointains.

Les matelots se donnaient à la manœuvre avec un cœur admirable.

Ils savaient d'ailleurs quelle mission redoutable leur était confiée.

On peut tout demander à des Français, quand est en jeu le sort de la patrie.

Mais le plus impatient de tous les hôtes du torpilleur, était le vieux Franck Christian.

Jean comprit, au bout d'une semaine de courses inutiles, que l'ennemi ne s'aventurerait pas dans le détroit, où le trafic intense gênerait la manœuvre des lourds cuirassés, en même temps que l'alarme ne manquerait pas d'être donnée.

L'Allemand devait avoir mis dans ses projets de contourner l'Angleterre et l'Ecosse, de redescendre par l'ouest, pour reprendre la France à revers...

Jean s'aventura donc vers le nord, non sans pousser des crochets obliques, deux fois par jour, pour ne rien laisser au hasard.

Les navires de commerce devenaient rares.

Sur l'immense plaine mouvante, le petit torpilleur glissait, solitaire...

Un matin, un matelot s'approcha de la passerelle.

— Mon commandant ! fit-il.

Jean se retourna.

— Qu'y a-t-il mon vieux Célestin ?

— Regardez donc là-bas, ce ballon !...

Taillebourg se retourna vivement, fixa la portion du ciel qu'on lui indiquait.

— Ah ! sapristi ! s'exclama-t-il.

Tout au fond de l'horizon, un spectre étrange voguait dans la buée lointaine, une manière de cigare énorme, allongé, gris, sous le ventre duquel pendait une nacelle...

— Ma lunette ! vite...

On apporta une lunette, et quand elle fut braquée sur le vaisseau de l'air :

— Un Zeppelin !... C'est un Zeppelin !... s'écria Jean. Ils sont là-bas. Hardi, les enfants !

Franck Christian tremblait d'émotion. Il voulait voir aussi. Il prit la lunette que lui tendait Jean.

— Ah ! les bandits, faisait-il, les voilà donc !... Attends un peu, nous allons régler nos comptes ! et, d'un regard avide, détailla le dirigeable.

Taillebourg se mit lui-même au gouvernail. Il n'alla pas directement au ballon, mais le « coupa » à la manière dont les tireurs « coupent » le gibier fuyant, c'est-à-dire en visant un peu en avant de la tête.

Au bout d'une demi-heure on distingua l'hélice du Zeppelin ; elle tournait lentement, le ballon semblait attendre d'invisibles retardataires.

Franck Christian avait retiré les toiles qui recouvraient la caisse de son appareil magique, ouvert la caisse elle-même.

— S'ils ont de la poudre à bord, riait-il, ça y est ! Pa ta plan, la culbute. Dans dix minutes nous serons assez rapprochés pour les faire sauter.

— Gardez-vous-en bien ! coupa Taillebourg.

— Pourquoi, s'il vous plaît ?

— Parce que le ballon est notre guide le plus

sûr. Observons-le, accrochons-nous à lui... il n'est pas ici par raison de santé, vous le comprenez ?

— Mais, s'il nous aperçoit ?

— Eh ! qu'importe ? Il nous méprisera... Songez donc : un petit torpilleur de rien du tout contre une escadre renforcée !

Christian poussa un soupir de regret.

— Bah ! fit-il, le ballon y passera comme les autres... Nous le garderons pour la bonne bouche.

Les matelots les plus près, qui entendirent la boutade, partirent d'un grand éclat de rire. Jean se tenait toujours au gouvernail.

Sur la mer, nul bateau ne se montrait.

Pourtant, vers l'est, très bas dans le ciel, presque confondu avec la ligne d'horizon un nuage noirâtre épandait son ouate fumeuse.

L'officier le remarqua :

— Ne seraient-ce point les destroyers d'avant-garde ? se demanda-t-il.

Le nuage persistait, changeait lentement de forme, pâlissait et se renforçait.

Célestin Dannec, placé en vigie, signalait à haute voix toutes les variations.

Une seule chose le rendait soucieux : le jour baissait.

La nuit allait bientôt rendre le ciel et la mer d'une couleur uniforme.

Or, comment observer le dirigeable dans les ténèbres ?

Déjà, le soleil avait disparu, laissant du côté du

couchant sa lueur d'incendie plus pâle de minute en minute.

Le ballon s'estompait, imprécis, dans le voile du crépuscule.

Bientôt, il ne fut plus qu'un spectre imprécis, baigné d'obscurité, difficile à suivre.

Il s'évanouit tout à fait.

Alors, Jean reporta toute son attention du côté opposé, là où il pensait devoir découvrir les bâtiments de guerre.

Mais ses recherches, longues et obstinées demeuraient sans résultat.

Il allait prendre le parti de stopper, pour économiser le combustible, de se laisser dériver par les courants, quitte à « faire le point » dès que se lèverait le jour, quand il lui sembla, dans l'ombre, distinguer une ombre plus opaque encore, une masse dont la forme lui fit battre le cœur plus vite.

— Un cuirassé !...

Il s'y reprit à plusieurs fois pour observer. Mais voilà qu'autour de lui d'autres formes semblables apparaissaient, trapues, sournoises, puissantes...

— Je prends mon désir pour de la réalité ! se dit-il.

Il n'appela pas, mais alla trouver le matelot de quart.

— Parlez bas, fit-il. Vous ne voyez rien ?

— Pardieu si, répondit le marin. Mais, je me frottais les yeux. Tenez, là, un, deux trois, quatre croiseurs, et des grands !... Au moins six cheminées. On se croirait aux manœuvres de la Méditerranée.

— Nous sommes en pleine escadre.

— Veine !

Jean ordonna un branle-bas d'scret. En quelques secondes, chacun fut à son poste.

Il n'y avait plus à douter : le torpilleur 812 non seulement avait découvert les Allemands, mais encore il se trouvait au centre de marche, à l'endroit le plus favorisé, mais aussi le plus dangereux.

Une fausse manœuvre, une déviation et c'était l'abordage, le choc fatal.

Jean vira sans plus tarder, tâtonna, chercha la direction.

Il remarqua bientôt que les cuirassés marchaient en lignes de file parallèles.

Devant lui, ou derrière lui, devait se tenir le vaisseau amiral.

Il ralentit l'allure, regardant fréquemment à l'arrière. Successivement les grosses unités le dépassèrent sans qu'il trouvât l'unité du commandant en chef.

Il ne prolongea pas l'expérience, pour ne pas tomber parmi les destroyers et les torpilleurs d'arrière-garde.

Il fit donner la vitesse maximum.

Bientôt, une haute masse se dressa devant lui. C'était le vaisseau amiral.

Le torpilleur français se mit dans le sillage du monstre d'acier.

Seuls, les coups sourds des pistons et des palettes des hélices troublaient le silence de la nuit.

Jean s'était rapproché du vieux Christian :

— Les lâches !... Les voyez-vous, les sinistres oiseaux nocturnes... Toute la hideur de la race teutonne tient dans cette tentative odieuse.

« Mais les Français, nos compatriotes, peuvent dormir tranquilles.

« Nous sommes là, nous remplirons notre mission sans défaillance.

CHAPITRE X

Le combat

Cependant, le plus pénible restait à accomplir.

Jean cherchait l'escadre ennemie ; il ne l'avait que trop bien trouvée.

On ne pouvait couler les puissantes unités de l'adversaire sans risquer de se couler soi-même.

Les explosions seraient formidables.

Outre qu'on ne serait pas, de cette courte distance, à l'abri des lingots métalliques violemment projetés, on ne manquerait point de sombrer dans les remous violents provoqués par l'engloutissement des géants de la mer.

Il fallait donc s'éloigner, sortir du cercle.

On y était entré par miracle. Un miracle n'était

pas moins nécessaire pour arriver à franchir la ligne des unités légères.

Ce miracle se produisit. Vers minuit, le vaisseau amiral alluma, en haut du mât de commandement, un feu vert.

Aussitôt, tous les navires répétèrent ce signal, qui n'avait rien de mystérieux.

— C'est l'appel, expliqua Jean au vieux Franck Christian. En dénombrant les feux, le commandant saura s'il n'y a pas de navire en souffrance.

— Si nous allumions le nôtre ! plaisanta l'Alsacien.

— Observons plutôt autour de nous ! fit Taillebourg.

Un regard circulaire lui suffit pour s'assurer qu'un large couloir était libre en avant de l'escadre.

— Ou bien les éclaireurs ont reçu l'ordre de ne pas répondre au signal d'appel, se dit-il, ou l'escadre n'est pas renforcée, ce qui serait, de la part du commandant, une faute impardonnable.

Il força de nouveau la vitesse, dépassa un à un les bâtiments de haut bord.

— Stop ! ordonna-t-il soudain.

A une faible distance au-devant de lui l'escadrille des destroyers égrenait ses unités rapides. Jean était bel et bien enfermé, condamné à naviguer de conserve avec l'ennemi jusqu'à ce que la présence du torpilleur 812 fût révélée aux Allemands.

— Nous n'en accomplirons pas moins notre tâche, dit Taillebourg ; nous sauterons avec eux, voilà tout !

Christian ne s'émut pas outre mesure de cette déclaration :

— Mourir à présent, mourir un peu plus tard, qu'importe ! fit-il.

Il ajouta :

— La France y trouvera son profit, et je serai vengé !

Cependant le jour, lentement, arrivait...

Jean, depuis une heure, naviguait hardiment parmi les torpilleurs.

Il avait l'air de faire partie de l'escadre allemande.

Il n'était pas sans appréhender l'instant où il essayerait la suprême tentative d'éloignement.

Car, s'il faisait allègrement don de son existence à la patrie, il devait ménager la vie de ses collaborateurs et subordonnés, des gars robustes qui, eux espéraient revoir un jour leurs vieux parents et leur fiancée.

Le jour était venu tout à fait.

Du bateau amiral un signal partit...

Les navires de l'escadre, les cuirassés, les croiseurs, les destroyers et les torpilleurs hissaient le pavillon.

Jean, le cœur serré d'émotion patriotique ordonna à pleine voix :

—Hissez le drapeau !

Alors on vit, au sommet du mât du torpilleur 812, flotter fièrement les trois couleurs françaises.

Il y eut, tout au long de l'escadre, un grand cri.

Une chasse implacable commença ....

Les Teutons, mis en rage par le geste audacieux de Taillebourg, d'ailleurs rassurés quant à l'issue du combat contre un frêle et seul navire, poussèrent des hurlements de joie et activèrent aussitôt les machines.

Mais Jean, de son côté, venait de crier dans le porte-voix :

— En avant toute !

Le torpilleur bondissait sur la crête des lames, trouait les énormes vagues, roulait au creux des sillons mouvants, glissait, tout ruisselant d'écume et de paquets de mer.

Derrière lui s'égrenaient, par ordre de vitesse, les poursuivants.

— Nous gagnons ! Nous gagnons ! faisait le vieux Franck Christian en constatant que la distance allait grandissant entre l'escadre et lui-même.

Les Allemands, furieux de voir échapper leur proie, se décidaient à faire parler la poudre.

Une lueur vive parut au flanc noirâtre d'un croiseur, suivie d'un coup de tonnerre répercuté à mille échos.

L'obus siffla au-dessus du torpilleur et alla éclater à mille mètres plus loin.

— Trop long ! gouailla Célestin Dannec. Mon

vieux, si tu ne tires pas mieux que ça, y a du bon !

D'autres pièces d'artillerie mêlaient leurs voix à la voix première. Ce fut bientôt, autour du 812, un concert de ronflements, de sifflements et d'explosions.

— Si un seul obus nous attrape, observa Jean, nous sommes flambés !

Mais Christian qui depuis un instant donnait des signes manifestes d'impatience, dit dans le bruit :

— A nous, maintenant !

Il prit dans la caisse un appareil de faible volume, assez semblable à un récepteur de téléphone.

Cet appareil était relié par un fil à un mécanisme mystérieux.

Le vieillard remua des manettes, se pencha au-dessus de la boîte, palpa des fils.

— Ça va bien, conclut-il.

Il venait de monter sur la passerelle de commandement.

Sa silhouette fière se détachait sur le fond bleu du ciel.

— Regardez ça, les enfants ! Regardez !...

Il braquait l'apareil dans la direction de l'escadre, pressait sur un bouton...

Alors, on vit une chose inouïe...

Des colonnes de fumée montaient soudain de la mer, éclairées par le centre d'un feu violent, comme si l'océan se fût entr'ouvert pour laisser passer la flamme d'un gigantesque volcan.

Des coups de tonnerre formidables ébranlaient l'air, emplissaient les oreilles des matelots, leur glaçaient la chair.

Des coques entières, soulevées de manière épouvantable, tournoyaient, s'abattaient avec un hideux fracas sur les coques voisines, les écrasaient.

Dans cette tourmente, on percevait de faibles hurlements.

C'étaient les équipages des vaisseaux non encore atteints qui poussaient des clameurs de folie.

Les cuirassés sautaient, tantôt isolés, tantôt en groupes.

Les torpilleurs ennemis fuyaient dans toutes les directions.

Christian, sans s'émouvoir, dit : « Ils auront leur tour. ».

Et quand la dernière grosse unité eut sauté, il s'attaqua aux petites.

Il dirigeait le courant en « éventail » à la manière dont les artilleurs de campagne exécutent le tir fauchant.

Et les explosions succédaient aux explosions, les clameurs aux clameurs.

Pas un bateau n'échappa.

Bientôt, sur le vaste emplacement qu'occupait la flotte au lever du soleil, il n'y eut plus que des remous tourbillonnants, un effrayant clapotis, de l'eau brassée par un monstre invisible, sur laquelle, ça et là, surnageaient des débris disparates.

De la passerelle du commandement, Jean, les yeux dilatés, le cœur battant à grands coups, avait assisté au désastre.

Il venait de remporter la plus éclatante, la plus complète des victoires.

L'équipage, haletant, avait suivi les phases du combat fantastique.

Le pygmée était venu à bout du géant.

Franck Christian pleurait de joie. Il était trop modeste pour que l'orgueil l'effleurât, même dans le triomphe.

Le vieillard allait refermer la caisse précieuse contenant l'appareil précieux, quand les matelots regardant le ciel, s'écrièrent :

— Le ballon !... Le ballon est au-dessus de nous !

Le Zeppelin, en effet, auquel on n'avait pas pris garde, décrivait, à une faible hauteur, de grandes courbes autour du torpilleur.

Sans doute il se préparaît à une attaque.

Une seconde bataille allait avoir lieu, dont l'issue, cette fois, était incertaine.

Taillebourg braqua sa lunette marine sur le dirigeable, essayant de reconnaître l'adversaire.

La nacelle, blindée, cachait à la vue les passagers.

— Il faut, coûte que coûte, démolir cet oiseau de malheur ! murmura l'officier.

Franck Christian qui avait entendu, articula :

— S'ils ont de la poudre à bord, leur affaire est claire.

Et il réinstalla ses fils, ses manettes, son viseur. Cependant, en haut, Grosbach effaré de ce qu'il venait de voir restait immobile, la main crispée sur la barre de direction.

La veille, alors que la nuit tombait, il avait perdu le contact avec l'escadre.

Une brise, assez forte, avait peu à peu dévié le ballon vers le sud.

Vers minuit, une vigie avait signalé quelque part, très loin, une brève apparition de lumières... des lumières vertes...

Grosbach accouru en hâte, n'avait rien vu, rien, et il s'était moqué de l'homme, victime de quelque hallucination.

Comme le soldat persistait dans son affirmation, Grosbach qui d'ailleurs, perdu, égaré, n'avait pas plus de raison d'aller à droite qu'à gauche mit le cap sur le point indiqué.

Et c'est ainsi qu'au petit jour il apercevait, à plus de cinquante milles en avant de lui des points noirs couronnés de fumée... l'escadre.

Il était exténué, les nerfs tendus, d'une humeur exécrable.

— Si seulement, grommelait-il, Berttmann venait me remplacer un peu !... Cet animal-là ne pense qu'à sa femelle !

Berttmann, en effet, n'avait point paru de la nuit.

Enfermé dans sa cabine, il rêvait au moyen de s'emparer de Simone.

Il la savait armée, il était lâche.

Un vitrage était pratiqué dans la cloison qui séparait la cabine du Prussien de celle de la prisonnière.

Berttmann, plusieurs fois, s'était approché, essayant de voir ce que faisait Simone.

Mais, dans la nuit opaque, toute observation était rendue impossible.

Le hideux personnage dut attendre le jour.

Aussitôt que l'aube laissa pénétrer sa lueur blafarde par l'étroite fenêtre qui donnait sur le ciel, Berttmann se remit près du vitrage.

Il se sentit à l'instant pénétré d'une grande joie.

Simone, terrassée par l'émotion et la fatigue, dormait.

Elle était étendue sur l'étroite couchette ; un pâle sourire éclairait son visage, et ses cheveux défaits roulaient en cascade abondante sur le blanc mat de l'oreiller.

Berttmann la contempla avidement, détaillant les longs cils, les lèvres d'un dessin si pur, la poitrine harmonieusement rebondie, la ligne impeccable du corps, les chevilles fines et le bas de la jambe aux contours fermes...

La flamme du désir impur brûla sa chair.

— Je la veux, répétait-il, je la veux, et cette fois, elle est à moi !

Il eut tout de même un dernier regard investigateur.

Il craignit qu'Yvonnic ne veillât sur sa maîtr sse.

Il craignit qu'Yvonnic ne veillât sur sa maîtresse.

Mais la servante, sans doute brisée, elle aussi,

La joie du traître redoubla.

Sans plus tarder, il se mit à l'œuvre.

Il quitta ses bottes pesantes, se désarma, chaussa des sandales feutrées.

Il tenait à opérer sans bruit.

Avec mille précautions qui n'excluaient pas un tremblement de fièvre, il se munit d'un trousseau de clefs, en choisit une qu'il retira, l'introduisit dans une serrure, tourna.

Il y eut un léger craquement suivi d'un mouvement de l'autre côté de la cloison.

Berttmann sentit la sueur lui couler dans le dos.

— Elle a dû se réveiller, pensa-t-il.

Il revint au vitrage, Simone dormait toujours, mais avait changé de position.

— J'aime mieux ça, dit Berttmann. De la sorte, si elle ouvre les yeux, elle ne me verra pas venir.

Il se remit à la clef, la tourna en pesant sur l'anneau ; il retenait son souffle ; un hideux sourire éclairait sa figure bouffie. Le temps lui semblait long.

Enfin, la clef avait accompli une révolution complète.

Il poussa doucement la porte qui s'ouvrit.

Puis il s'approcha du lit :

— Qu'elle est belle ! murmura-t-il.

Déjà il se penchait, résolu à consommer un acte dont tout homme honnête se fût abstenu, quand un coup de tonnerre retentit qui fit trembler la nacelle jusque dans ses dernières fibres.

Berttmann se redressa, étonné et apeuré. Etonné qu'un orage pût éclater en cette saison et de si grand matin, apeuré à l'idée que Simone allait se réveiller.

Mais la jeune fille dormait d'un profond sommeil ; elle n'eut pas un tressaillement.

Alors le Prussien se pencha de nouveau.

— Qu'elle est belle ! répéta-t-il.

Une seconde détonation, plus formidable, plus rapprochée que la première, ébranla de nouveau la nacelle.

Simone sursauta et ouvrit les yeux.

Au même instant, Grosbach, très pâle, entra dans la cabine.

— Un malheur ! cria-t-il. Un malheur ! Viens voir ! Viens voir !

Il prenait Berttmann par le revers du dolman, l'entraînait, criant toujours :

— Un malheur ! un malheur !

Les coups de tonnerre, maintenant se succédaient sans interruption, roulaient avec un indicible fracas dans l'air frais qui entrait par la porte entr'ouverte.

De la passerelle où ils étaient, Grosbach et

Berttmann, les yeux fous, assistaient aux déflagrations, dominaient, sans la comprendre, cette catastrophe inimaginable à laquelle ils ne trouvaient pas de cause. Berttmann bégayait :

— Ils ont dû heurter des mines flottantes !

— Des mines ... Ah ça ! en pleine mer ! Des mines ? geignait Grosbach. C'est le feu qui aura pris à bord d'un cuirassé et l'explosion de l'un a déterminé l'explosion des autres...

Ils s'hypnotisaient sur ce spectacle terrible et imprévu. Ils ne songeaient plus à Simone et à Yvonnic qui, sorties elles aussi, assistaient à la débâcle de l'ennemi héréditaire et applaudissaient frénétiquement.

Berttmann et Grosbach, dans leur effondrement, n'étaient pas éloignés de croire que cette destruction en bloc, cette exécution sans précédent dans les annales de l'histoire maritime, était voulue par le Destin.

Ils s'étonnèrent presque de voir survivre au cataclysme, un torpilleur, un seul, qui croisait tranquillement à quelque distance du lieu sinistre.

Ils prirent leurs jumelles pour examiner le survivant.

Mais leur stupéfaction fut grande en voyant flotter à l'arrière de la coque effilée et gracieuse, le drapeau aux trois couleurs glorieuses... Ensemble ils rugirent :

— Un Français ....

Une colère sauvage les empoignait, empourprait

leurs joues sous les crins filasse de leur barbe., les secouait contre le bastingage.

— Un Français !...

Ils devinaient maintenant un combat grandiose où ils avaient été écrasés, une revanche éclatante, complète, du droit sur la force, une bataille phénoménale d'où l'Allemagne se retirait, à jamais domptée.

— Que dois-je télégraphier ? fit une voix.

Grosbach se retourna d'une pièce. Le télégraphiste était là, l'œil égaré, attendant des ordres.

Berttmann rappela :

— Oui, le généralissime nous avait recommandé de le tenir au courant des moindres événements de la croisière ! Malheur de malheur !

Grosbach mâcha :

— Ne télégraphiez rien encore. Nous allons anéantir ce chien de torpilleur avant...

Il fit un signe, et le timonnier actionna le gouvernail de plongée. Le dirigeable, docile, se rapprocha du flot.

Grosbach qui regardait dans la jumelle, s'exclama alors :

— Le torpilleur 812 ! je vois les chiffres de cuivre !

Berttmann éclata :

— Lui !... Encore lui !... Le 812, je le connais... Il vient de Cherbourg. Il est commandé par cette ganache de Taillebourg, celui qui s'est évadé d'Helgoland !

Simone, qui écoutait, crut avoir mal entendu.

— Qu'est-ce que vous dites ? interrogea-t-elle.

— Je dis, fit Berttmann, que ton amant va payer cher le mauvais tour qu'il nous a joué.

— O bonheur ! s'écria la jeune fille. Mon Jean était libre ! Je puis mourir à présent ! Faites de moi ce que vous voudrez ! Libre, mon Jean, et vainqueur !

Berttmann grinça :

— Assez !

Simone poursuivait, le regard ardent.

— Jamais assez ! Vous êtes des méchants et des traîtres. Je comprends tout maintenant... Mais vous êtes battus... Les Prussiens sont battus ! La France est victorieuse !... Vive la France !...

Berttmann railla :

— Oui, je vais te faire voir tout à l'heure vive la France ! Il va peser lourd, ton torpilleur !

Grosbach s'était éloigné, il revint au bout d'un instant.

— Les bombes... Où sont les bombes ? demanda-t-il.

Berttmann le regarda avec inquiétude.

— Tu sais bien que nous les avons laissées là-bas !

Grosbach poussa un horrible juron.

— Alors, qu'est-ce que nous faisons là ? J'y perds la tête !

Le dirigeable évoluait maintenant à une faible

hauteur. En bas, sur le 812, Franck Christian se tenait prêt.

— Eloignons-nous un peu ! demanda-t-il ; il ne faudrait pas périr sous les débris du ballon.

Le torpilleur mit vitesse double au moment où le Zeppelin dans son orbe, prenait une direction contraire à celle du bateau.

Le vieux Christian braqua l'appareil sur l'ennemi.

L'équipage, anxieux, attendait :

Une minute passa, puis deux...

Le Zeppelin ne sautait point...

— Ils sont désarmés ! conclut joyeusement Taillebourg ; ils n'ont pas de poudre ; nous pouvons nous laisser approcher sans danger.

« Les enfants, ajouta-t-il en s'adressant aux matelots, à vos fusils, et chargez le magasin.

Les marins s'empressèrent d'obéir.

Peu après, ils remontaient sur le pont, attentifs aux explications et au commandement.

— Visez le centre de l'enveloppe, conseilla Jean, et feu par salve. Ne nous pressons pas...

Les marins, d'un mouvement unanime, braquèrent leurs fusils.

— Feu !...

Il y eut un crépitement brusque, suivi d'un cliquetis bref : les matelots venaient de recharger leurs armes.

Par huit fois, la salve déchira l'air. Le tir, précis parce qu'exécuté avec calme, avait produit ses effets : un trou, vite agrandi, béait au flanc du ballon... Celui-ci commençait à descendre lentement.

De la nacelle, Grosbach et Berttmann avaient assisté à la manœuvre.

Au sifflement des balles, ils comprirent le danger.

Quand ils voulurent s'éloigner il était trop tard.

— Nous allons couler ! fit Grosbach. Jetons du lest... Vite...

Ils regardaient autour d'eux, affolés ; ils eussent si leurs forces le leur eussent permis, arraché les plaques de blindage des cabines. Grosbach avisa Simone et Yvonnic qui agitaient leurs mouchoirs dans la direction du torpilleur.

— Les femelles à l'eau ! hurla-t-il.

Mais Berttmann s'était interposé.

— Non, non, Grosbach. Pas encore... Je la veux. Je la violenterai s'il le faut... Après, tout ce que tu voudras...

Grosbach devint violet de colère.

— Tu préfères que nous tombions aux mains des Français, dit-il ? Moi, non. Commençons toujours par la servante...

— Celle-là, ça te regarde, je veux bien...

— Aide-moi, alors...

Ils s'approchèrent d'Yvonnic, se saisirent d'elle et brutalement, à bout de bras, la hissèrent...

La Bretonne jeta un suprême adieu à sa maîtresse :

— Mademoiselle... Nous nous reverrons... au ciel...

Ele n'en dit pas plus. Berttmann et Grosbach venaient d'ouvrir les mains.

Yvonnic précipitée dans le vide, tomba en tournoyant.

— Lâches ! lâches ! cria Simone.

Berttmann répliqua, avec un rire effrayant :

— Tu y passeras aussi... après...

Ceux du torpilleur, en voyant Yvonnic choir de la sorte, avaient poussé un grand cri.

— Une femme !

— Un canot à la mer ! ordonna Jean Taillebourg.

Célestin Dannec, le plus près du canot, fit jouer les poulies d'accrochage et sauta dans l'embarcation, avec un marin de ses camarades.

La malheureuse était tombée à peu de distance.

Quelques vigoureux coups de rame, une plongée, et Célestin ramenait bientôt à la surface de l'eau celle qui, l'instant d'auparavant, avait disparu dans les flots.

Le Breton déposa la jeune fille au fond du canot, la regarda.

— Yvonnic ! s'écria-t-il stupéfait...

L'équipage avait, du torpilleur, suivi toutes les phases de l'opération.

On recueillit la naufragée qui ne donnait plus signe de vie ; on lui prodigua des soins... Elle revint à elle.

Mais elle paraissait inconsciente; elle ne répondait pas aux questions dont Célestin l'assaillait.

Ce ne fut qu'au bout d'un grand moment qu'elle recouvra le souvenir et la parole. Elle se jeta alors dans les bras de son fiancé, miraculeusement retrouvé.

Pendant ce temps, Jean Taillebourg ne cessait d'observer le Zeppelin.

Celui-ci, soudain délesté par la chute d'Yvonnic avait bondi d'un millier de mètres.

— Laisse-le faire, dit Franck Christian à qui l'émotion faisait tutoyer tout le monde... ils sont blessés à mort, ils n'iront pas loin...

En effet, le dirigeable recommençait à descendre ; il semblait avoir pris son parti de fuir, à en juger par le rapide mouvement de l'hélice.

— Ne nous laissons pas distancer, fit Jean.

Ce n'était plus l'aéronaute planant au-dessus du torpilleur, mais le torpilleur s'attachant à l'aéronat, virant avec lui, décidé à l'atteindre.

L'ardeur des poursuivants s'accrut quand ils apprirent de la bouche d'Yvonnic que Simone était dans la nacelle, en grand danger.

La Bretonne ne cacha rien des intentions et des menaces de Berttmann.

— Ce misérable n'aura pas ma fille ! dit Franck Christian farouche.

Pour tenir l'ennemi en haleine, et hâter, si possible, la chute du ballon, les matelots tiraient sans relâche.

Les balles chantaient autour du Zeppelin et sur les blindages la chanson de vengeance.

A l'intérieur de la nacelle, Grosbach et Berttmann se tenaient, tremblants.

Ce dernier était piteux à voir depuis que Simone, un instant rentrée dans la cabine où il s'était désarmé, en était ressortie avec un revolver chargé.

— Je ne vous tuerai pas, avait déclaré la jeune fille, parce que je répugne aux actions violentes ; mais je me défendrai s'il le faut, je vendrai chèrement ma vie.

« Si vous approchez, je tire.

A ce moment, le timonier apparut :

— J'aperçois de la terre à l'ouest, fit-il ; dois-je barrer de ce côté ?

Grosbach s'accrocha à ce dernier espoir.

— De la terre, dis-tu, oui, oui, barre, et vite !...

Le ballon changea de direction le torpilleur, en bas, en fit autant.

L'enveloppe du dirigeable se dégonflait à vue d'œil. Bientôt l'aéronat ne fut plus qu'à une centaine de mètres d'altitude.

De la nacelle, Grosbach et Berttmann entendaient les marins français qui chantaient la Marseillaise.

Les coups de fusil partaient sans interruption. Jean Taillebourg avait ordonné qu'on tirât sur l'enveloppe seulement. Il tremblait qu'en visant les blindages on atteignît Simone.

Le Zeppelin baissait de plus en plus.

Quand la nacelle effleura l'eau, ce fut, sur le torpilleur, une clameur de triomphe.

En moins de rien, on se préparait à l'abordage. Les marins sautaient lestement parmi les fils d'acier, pénétraient dans le couloir central, défonçaient les portes des cabines.

Les Allemands, se voyant assaillis, préparaient de leur côté une résistance désespérée.

Alors, ce fut le corps à corps avec toutes ses hideurs, ses beautés et ses prouesses.

Les petits matelots se ruaient sur les adversaires et, plus lestes, mieux entraînés à la gymnastique des bras, donnaient à leurs adversaires une terrible leçon d'escrime à la baïonnette.

Le sang rougissait les blindages, coulait sur le parquet de la nacelle qui, étanche, flottait ainsi qu'une grande barque métallique.

Pas un Prussien n'échappa.

Du côté des Français, quelques blessures insignifiantes.

La scène la plus tragique, parmi ce drame rapide, se déroulait à l'arrière dans la cabine où Grosbach et Berttmann s'étaient réfugiés.

Jean Taillebourg, pressentant que là était le coup suprême à frapper, avait lui-même enfoncé la porte.

Il s'était trouvé face à face avec son rival, avec Grosbach, que le vieux Christian, qui avait suivi, dévorait d'un étrange regard.

Et tandis, que de l'autre côté de la cloison, arrivaient assourdis les échos de la lutte sans merci qui parachevait la victoire française, dans l'étroit réduit se déroulaient les phases d'une dramatique conversation.

— Enfin ! s'était écrié Jean, enfin je vous tiens les yeux dans les yeux.

« Nous avons deux mots à nous dire.

« C'est vous qui n'avez pas craint de m'épier, de me vendre, d'essayer de me faire passer pour espion...

Grosbach voulut protester.

— Je vous assure...

— Taisez-vous ! fit l'officier français ; n'ajoutez pas un mensonge à votre acte odieux.

Puis, à Berttmann :

— Vous m'avez sali, vous vouliez m'enlever celle que j'aime, qui est à moi...

Une femme, à cet instant, pénétra dans la cabine, le regard dilaté d'effroi et de bonheur.

— Jean !

— Simone !

Elle se jetait dans les bras de l'aimé. Et les deux Prussiens, rendus, matés, assistaient à l'étreinte sans un mouvement offensif, le visage seulement pâle de la crainte que leur inspirait ce Français assez sûr de lui pour, au plus fort de l'action, dédaigner ses adversaires, et protéger sa fiancée.

Franck Christian balbutiait :

— Mon enfant !... Ma fille !... Ils ne l'ont pas tuée !...

— Parce que je me suis défendue, dit Simone, en se dégageant.

Jean frémit.

— Est-ce vrai ? interrogea-t-il en regardant Berttmann.

Celui-ci essaya de crâner :

— Oh ! vous savez, ce que dit une femme !...

— Lâche ! Lâche ! répéta Simone.

De son côté, Franck Christian s'adressait à Grosbach :

— Me reconnaissez-vous ?...

Le Teuton secoua négativement la tête.

— Je suis Franck Christian, l'Alsacien, que les Grosbach ont remercié de sa générosité en le dépouillant... Mais l'heure de la justice a sonné...

« Tu vas, par écrit, confesser les crimes des tiens et me faire restitution de mon bien.

Grosbach, qui vit là un moyen de gagner du temps, de se sauver, peut-être, remarqua :

— Mais si je... me confesse sur papier libre, le document n'aura pour vous aucune valeur.

— C'est juste, dit Christian. La signature d'un homme ne compte pas en Allemagne. Entre voleurs il faut d'autres précautions...

— Qu'à cela ne tienne, intervint Jean ; ces messieurs ont, en route, fréquemment besoin d'essence, de main d'œuvre... ils reconnaissent les dettes contractées par eux pour le compte de l'Etat sur papier timbré à l'effigie impériale.

Grosbach se vit pris ; il tenta un dernier effort :

— Il ne nous reste plus de ce papier, déclara-t-il.

— Alors, fit Christian, tu vas mourir.

— Peut-être, ajouta-t-il d'une voix blanche.

peut-être, en cherchant bien, trouverait-on tout de même une feuille...

— Cherche et trouve...

Grosbach prit aussitôt une clef, ouvrit son secrétaire et fouilla...

Il tira bientôt une liasse ficelée qu'il brandit avec un étonnement feint.

— Je ne savais pas... non... je ne savais pas...

Et tandis que, sous le regard sévère du vieil Alsacien, Grosbach, d'une écriture tremblée, reconnaissait les mauvaises actions passées Jean revenait à Berttmann :

— A nous deux, maintenant...

Berttmann se vit perdu. Blême, il se saisit du revolver que Simone, à son entrée, avait déposé sur la table, le porta à sa tempe, pressa sur la détente...

— Pardon ! râla-t-il.

Une brève détonation, Berttmann chancela.

Comme il gisait, déjà roide, un peu d'écume aux lèvres, Grosbach remit le papier convenu à Franck Christian.

— Grâce ! implora-t-il en jetant sur son compagnon d'infamie un regard de terreur... grâce !

Jean ressentit pour ce trembleur un profond mépris.

— Tu ne mérites seulement pas qu'on brûle une cartouche en ton honneur ! dit-il.

Puis, à Simone et à Franck Christian :

— Laissons-le, allons-nous-en !

En moins d'une minute, la nacelle fut évacuée.

De retour au torpilleur, Jean fit l'appel.

Il ne manquait personne.

Au loin, le Zeppelin, lamentablement dégonflé, s'enfonçait lentement dans les flots.

Les marins, attentifs au naufrage du dirigeable, aperçurent quelques secondes, un homme qui agitait désespérément les bras.

Cet homme, dans les efforts qu'il faisait pour se maintenir sur les débris du ballon, perdit l'équilibre, tomba...

Grosbach venait de payer l'arriéré de sa dette.

Peu après, sur la grande mer aux lames profondes, ne restait plus qu'un petit torpilleur qui, le drapeau fièrement déployé, reprenait la direction de la France.

EPILOGUE

La destruction de la flotte allemande ne fut pas connue tout de suite en Europe.

Von Hulwig, loin d'avouer les desseins perfides de son pays, avait tenus cachés ses préparatifs et annoncé seulement, le jour du départ de l'escadre, que celle-ci allait effectuer des manœuvres au large de Slesvig.

Grand fut son étonnement de ne pas recevoir de dépêches donnant des nouvelles de l'expédition.

Il ne voulait déclancher les forces de terre qu'après avoir porté un grand coup sur mer.

Le silence dans lequel on le tenait, le rendit, une semaine durant, nerveux et irritable.

Il pressentait une catastrophe, la croyait survenue au seul Zeppelin, était loin de s'attendre à un désastre complet, irréparable.

La nouvelle lui en vint un soir, par une lettre mystérieuse timbrée de Colmar.

D'abord, il n'y put croire.

Il envoya des navires avec mision d'explorer la mer du Nord. Un à un, ils revinrent sans pouvoir donner le moindre renseignement.

En France, les journaux ne signalaient pas l'agression de si longue main préparée.

D'autre part, des capitaines de bateaux marchands racontaient qu'en passant vers le 2e degré de longitude ouest, ils avaient entendu, venant on ne savait d'où, d'étranges détonations, quelque chose comme un orage sans pareil, déchaîné par un ciel des plus calmes.

A noter que ces capitaines, de nationalités différentes, étaient tous d'accord sur la date et les parages.

Et puis, au bout d'un mois, la mer rendit ses victimes.

D'innombrables cadavres, remontés à la surface de l'eau, s'en allèrent à la dérive.

Alors, il n'y eut plus moyen de cacher le désastre.

Le généralissime ne pouvait déclarer, sans honte, qu'il avait été écrasé en bataille régulière.

Il fit appeler les journalistes des grandes feuilles à la solde du gouvernement et leur dicta un communiqué.

Un cataclysme effroyable, imputable aux seuls éléments, frappait la marine allemande.

La presse du monde entier reproduisit l'information.

Les chancelleries échangèrent des lettres de condoléances.

Les patriotes français, discrètement, se réjouirent.

Mais les heureux d'entre les heureux étaient sans contredit, les artisans de la glorieuse victoire.

Rentrés à Cherbourg, les marins étaient tous décorés pour services exceptionnels à la patrie.

Franck Christian et Jean Taillebourg recevaient la croix de la Légion d'honneur. Ce dernier ajoutait un galon doré aux trois qui ornaient déjà sa manche.

Il parut en grand uniforme, avec les insignes de son nouveau grade, par un gai matin de printemps, alors que les cloches de la vieille église St-Clément, à Cherbourg, sonnaient à toute volée.

Les gens, nombreux, se pressaient sur le passage du cortège nuptial.

Car Jean se mariait avec Simone Christian.

La jeune fille, rougissante dans sa robe blanche que rehaussait un voile de grand prix, soulevait les murmures admiratifs des curieux.

Le vieux Franck, rajeuni dans sa redingote neuve, sur le revers de laquelle se détachait le ruban rouge, si noblement gagné, considérait d'un regard attendri, le bonheur de ses enfants.

Derrière eux, venait un autre couple plus modeste, mais tout aussi heureux.

Le marié était un quartier-maître, aux galons posés de la veille : Célestin Dannec, et l'épouse, une Bretonne aux joues fraîches, au sourire épanoui : Yvonnic.

La double cérémonie eut lieu dans le recueillement, parmi les chants harmonieux et les fleurs qu'à profusion on avait répandues.

Le prêtre trouva, au moment de la bénédiction, des mots qui remuèrent l'assistance.

Quand il fit une allusion discrète à l'héroïsme des époux, l'on sentit, sous les voûtes de l'édifice plusieurs fois séculaire, passer un émouvant frisson ardent patriotisme.

Le repas de noces fut d'une gaîté tellement communicative, que le vieux Christian lui-même voulut chanter un hymne de son jeune âge, celui qu'entonnaient en chœur les conscrits d'Alsace, et que tous les convives reprirent au refrain.

Le lendemain, les nouveaux époux partaient pour la Côte d'Azur. Dannec et Yvonnic étaient du voyage, un vrai voyage d'amour, prélude des jours heureux conquis de haute lutte.

— Aimez-vous, mes enfants, leur dit le vieux Franck Christian qui les avait accompagnés à la gare. Et donnez-moi bientôt des petits-fils qui, comme vous, auront au cœur la loyauté de notre race, le souci constant du devoir, et par-dessus tout l'inaltérable amour de la France !...

FIN

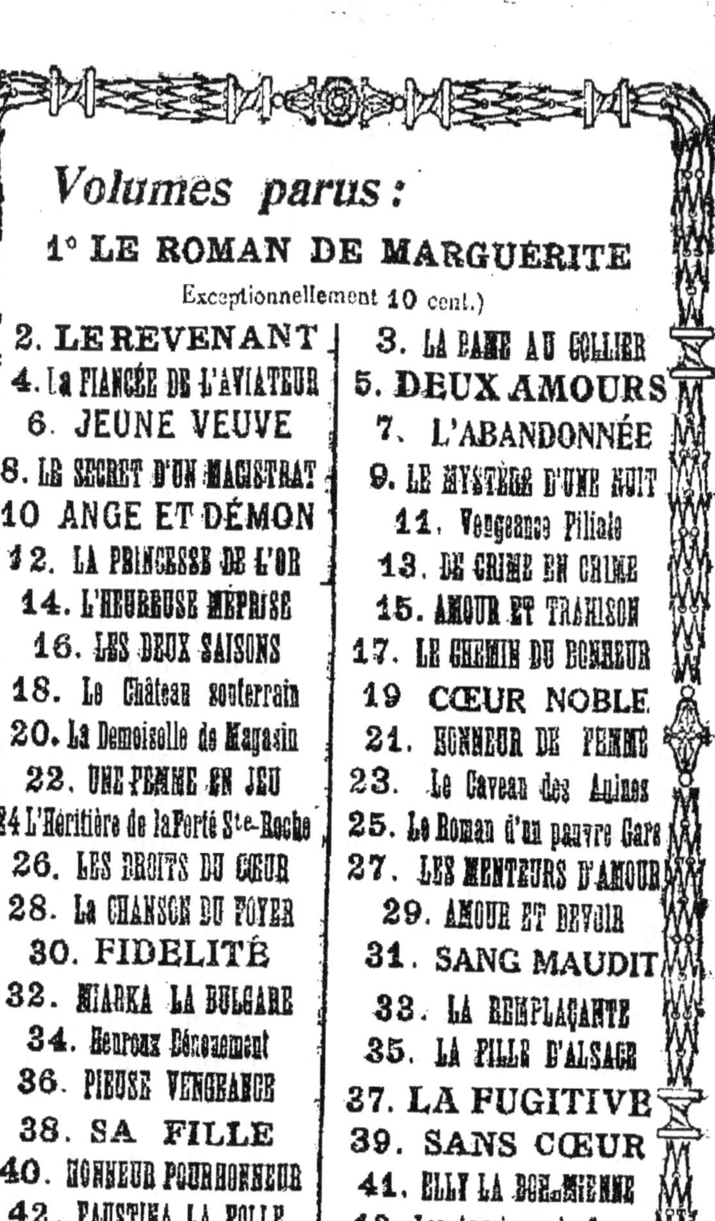

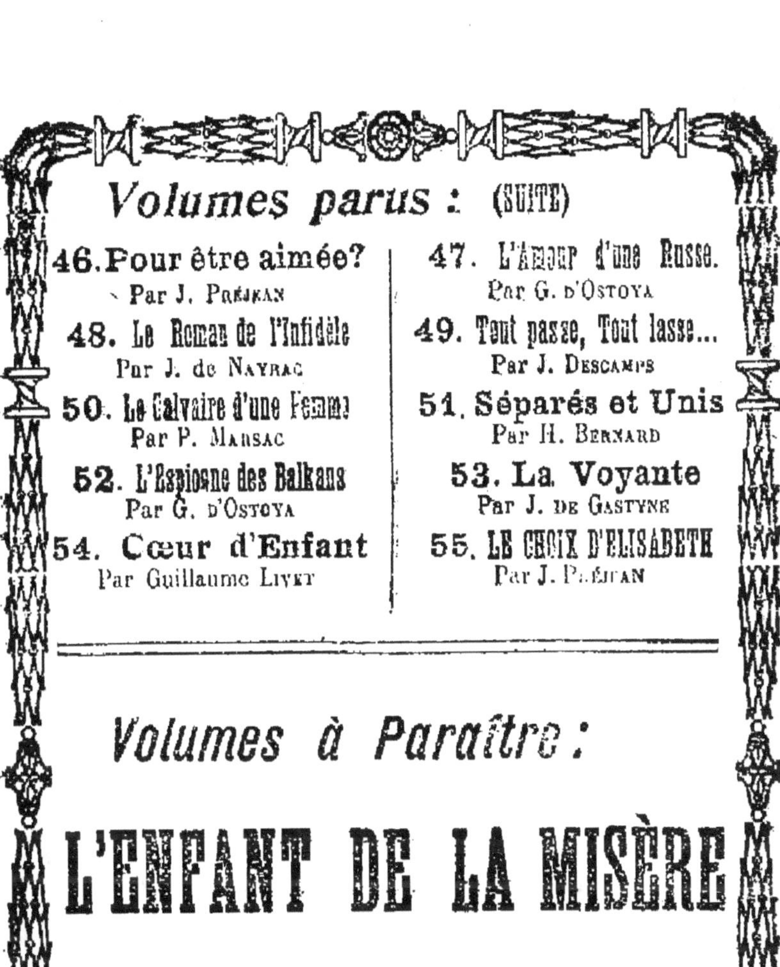

Volumes parus : (SUITE)

46. Pour être aimée?
Par J. Préjean

47. L'Amour d'une Russe.
Par G. d'Ostoya

48. Le Roman de l'Infidèle
Par J. de Nayrac

49. Tout passe, Tout lasse...
Par J. Descamps

50. Le Calvaire d'une Femme
Par P. Marsac

51. Séparés et Unis
Par H. Bernard

52. L'Espionne des Balkans
Par G. d'Ostoya

53. La Voyante
Par J. de Gastyne

54. Cœur d'Enfant
Par Guillaume Livet

55. LE CHOIX D'ELISABETH
Par J. Préjean

Volumes à Paraître :

L'ENFANT DE LA MISÈRE

Par H. BERNARD

L'Amour qui Sauve

Par A. LEBON

etc., etc...

Paris. — Imprimerie E. Maillet, 3, rue de Châtillon.

J. FERENCZY, Editeur.

SCEAUX. — IMP. CHARAIRE.

www.ingramcontent.com/pod-product-compliance
Lightning Source LLC
La Vergne TN
LVHW012017220826
846092LV00001B/384

* 9 7 8 2 3 2 9 7 5 7 0 7 0 *